U0573675

双子座文丛

高兴——主编

谢冕 著

高秀芹 编选

以诗为梦

Yi Shi
Wei Meng

漓江出版社

·桂林·

图书在版编目（CIP）数据

以诗为梦 / 谢冕著；高秀芹编选 . -- 桂林：漓江
出版社，2024.2
（双子座文丛 / 高兴主编）
ISBN 978-7-5407-9693-8

Ⅰ. ①以… Ⅱ. ①谢… ②高… Ⅲ. ①诗集－中国－
当代 ②诗歌评论－中国－当代 Ⅳ. ① I227 ② I207.22

中国国家版本馆 CIP 数据核字 (2023) 第 253207 号

Yi Shi Wei Meng

以诗为梦

谢　冕　著

高秀芹　编选

出　版　人：刘迪才
丛书策划：张　谦
出版统筹：文龙玉
组稿编辑：李倩倩
责任编辑：章勤璐
书籍设计：周泽云
责任监印：黄菲菲

出版发行：漓江出版社有限公司
社址：广西桂林市南环路 22 号　邮编：541002
发行电话：010-85891290　0773-2582200
邮购热线：0773-2582200
网址：www.lijiangbooks.com
微信公众号：lijiangpress
印制：天津市天玺印务有限公司
开本：880 mm × 1230 mm　1/32
印张：8.375　字数：186 千字
版次：2024 年 2 月第 1 版
印次：2024 年 2 月第 1 次印刷
书号：ISBN 978-7-5407-9693-8
定价：69.00 元

"双子座文丛"出版说明

    优秀的书写者往往有着多重的文学身份，这种多元视角下带来的碰撞和探索，也让文学迸发出更为耀眼的璀璨光芒。"双子座文丛"取意两栖、双优，聚焦当代文学星图里具有双坐标意义的写作者，以作品的多样性呈现文学思维的多面性，角度新颖独特，乃为国内首创。本丛书第三辑，以"评论家"为经度、"诗人"为纬度，收入了谢冕、张清华、何向阳、敬文东和戴潍娜五位横跨三个代际的作家力作，他们既是思力深邃的批评家，又是深情善感的创作人，各具时代特征的显著性。诗歌与评论的相互印证，感性与理性的双重交织，让他们成为"双子座"独特的坐标系——评论家＋诗人。此类作家不独五位，以此五位为代表，且由于篇幅所限，本辑作品皆为精选。

漓江出版社编辑部

编选说明

高秀芹

"谢冕是新诗批评家、新诗史家、散文家,但许多人不知道他也是诗人。"有鉴于此,2022 年洪子诚先生专门编选了谢冕先生写于 1968 年到 1972 年"文革"期间的部分作品,这就是引起当代诗歌研究界关注的《爱简》,并被认为具有知识分子"精神化石"的价值。

此次受漓江出版社和谢冕先生委托编选谢冕诗文集《以诗为梦》,诗歌部分的编选思路一直在变化和调整,刚开始考虑到整体性,倾向于从谢冕先生全部诗歌(400 余首)中编选《谢冕诗选》,包括从《爱简》选取多首,整体上呈现作为诗人谢冕的整体性风格。后来,编者决定放弃这个按照时间顺序面面俱到的编选思路,全部诗歌都新选,《爱简》一首不选,读过《爱简》的读者会惊喜地发现诗人谢冕的不同诗歌风格。

要研究一个伟大的诗人和评论家,要从他文学开始的地方进入。谢冕的诗歌写作开始于福州三一中学,在 1948 年 1 月到 1949 年 9 月参军之前他写作诗歌近 200 首，毕业于南京中央大学国文系的语文老师余钟藩先生特别允许他以诗歌来写作文。他高度自觉高度忘我地沉浸于诗歌的阅读和写作，甚至达到痴迷的程度，他自己当时就把这些诗歌编辑成《诗总集》。如果说《爱简》是幽暗的"抽屉文学"，《诗总集》就是坦荡自觉的诗人行为，体现谢冕作为诗人的主体性意识。同时，他对诗艺自觉锤炼，摄取自然、风土、社会场景凝结诗歌意象，真挚而大胆地表达自己对现实的看法，敏感的心灵独白，对底层人民的关爱，对光明的向往和追求，让他的诗歌富有打动人心的力量，隔了七十多年重新阅读，还有新鲜感和直逼人心的锐气，尤其是作为一个诗人批评家的整体来看，更加具有研究价值。这部分诗歌可以用诗人最早给自编诗歌总集的分集"探索集"命名，呈现一生只做一件事——"以诗为梦"的谢冕作为诗人的起点。

另外一组是写于 1973 年 10 月到 1974 年 9 月的"西双版纳 / 瑞丽"组诗，这也是谢冕写得最好的诗之一——可以跟《爱简》相互辉映。这组诗歌轻松、纯粹，有声有色，富有节奏和韵律。诗人融汇自然和风俗于诗歌，有时用民歌的调子，简单舒缓的情绪。当时他作为北京大学老师带中文系学生到云南深入生活，学习创作，对照于当时的遥远的北京生活，诗人在四季如春的梦幻之地开启了诗歌生活。

《诗作品》编选这两个时期的诗歌 68 首：《探索集》38 首，《西双版纳 / 瑞丽组诗》30 首，这些诗歌大都是未刊稿，均按《谢冕编年文集》第一卷、第二卷录入。

《诗学随笔》部分，原则上选择好读、有趣味的短文，同时兼顾在当代诗歌史的影响力，比如《在新的崛起面前》是"必点菜"（漓江社总编辑张谦语），这篇文章作为为"朦胧诗"扛起闸门的"第一崛起"怎么评估都不过分。不过，在皇皇 700 万字里选 10 万字诗学随笔要大刀阔斧地舍弃和保留，舍弃很多有思想的学术性长文，考虑到《中国新诗史略》某些篇章实在是最好的美文，单独出来独立成篇亦可，对当代新诗史可以有"鳞爪"的理解——这是一种美好的愿望，所有文章可分成四个部分：诗论、诗评、诗话、诗史，其实文章可以贯通着读，哪怕是"诗人论"何尝不是诗史呢？所以，特别选了一组诗人论。谢老师的诗人论实在是好看的美文，知人论诗，才情俱现，可以作为范文来研读和学习。

谢老师说自己一生只做一件事：诗歌；他还说，诗歌是做梦的事业。所以，诗文集名《以诗为梦》。

高秀芹

2023 年 7 月 18 日

一百年的青春
从北京书简开始
在新的崛起面前
看到共和国的星光
新诗的进步
文学的绿色革命
地火依然运行
新世纪的太阳升起
二十世纪中国文学
百年中国文学总系不过是
远方的远方而已
这里是我永远的校园

2021、11.30-1.3
（阴历11月29）

谢冕著作连缀诗（高秀芹）

目录 / Contents

诗学随笔

※ 总序 ※

一条江河的自然拓展和延伸

高 兴

数年前，漓江出版社开始出版"双子座文丛"，取意"著译两栖，跨界中西"，最初的宗旨是诗人写诗、译诗，散文家写散文、译散文，小说家写小说、译小说，把目光投向了中国文坛上一类特别的人，"一类似乎散发着异样光芒和特殊魅力的人。他们既是优秀的作家，同时又是出色的译家"。文丛新颖独特，为国内首创，出版后，受到读者的喜爱和认可。

喜爱和认可外，我们还听到了意外的回响。不少读者觉得，"双子座"这一名称实际上有着更加广阔和丰富的内涵和外延，仅仅限于"著译两栖"，似乎有点"亏待了"如此独特的创意。既然作家、译家是"双子座"，那么，作家、画家，作家、书法家，作家、音乐人，文学伉俪，文学两代，等等，都可以算作双子座。边界拓展，"双子座"应由一座独特的矿藏变成一个敞开的世界，而文学本身就该是无边无际的天地。

向来勇于开拓的漓江出版社吸纳了这一意见，决定拓展和延伸"双子座文丛"。这一举动既有出版意义，又具诗意光泽，就仿佛是一条江河，渴望拥抱更大的世界，通过自然拓展和延伸，执着地奔向大海。此时此刻，这条江河，我就称之为：漓江。

本辑，我们就将目光聚焦于评论家、诗人这一"双子座"。

正如在任何正常发展的文学中一样，在中国文学的发展中，文学评论家们也一直发挥着不可替代的作用。考察历史，关注现状，深入文本，梳理动向，评判价值，分析现象，评论家的所作所为，于广大的读者和作者，常常具有启发、提示、总结，甚至引领的作用，且常常还是方向性的作用。正因如此，评论家的事业既是一项文学事业，也是一项良心事业和心灵事业。

扎实的理论功底，广博的知识储备，天生的艺术敏感，这些都是一位优秀的文学评论家需要的基本素质。除此之外，优秀的文学评论家同样需要"多愁善感"，亦即超凡的情感呼应力和感受力。因为，他们归根结底也是文学中人，而文学中人常常都是性情中人。作为文学中人和性情中人，到了一定的时候，自然不会单纯满足于文学评论，自然会产生文学创作的冲动。

一些出色的评论家诗人，就这样，出现在了我们面前。本辑五本书的作者谢冕、张清华（华清）、何向阳、敬文东和戴潍娜就是他们中的代表人物。

细心的读者会发现，这五位作者实际上代表了老中青三代。

谢冕，老一代诗歌评论家的突出代表，在七十余年的诗歌评论和教学生涯中，耕耘不辍，著述无数，桃李满园。尤其令我们敬佩的，是先生的内心勇气和诗歌热情。20世纪80年代初，正是他率先发表《在新的崛起面前》，为当时备受争议的朦胧诗辩护，为中国新诗的健康发展排除理论障碍。"比心灵更自由的是诗歌，要是诗歌一旦失去了自由，那就是灾难，是灭绝，那就是绝路一条……诗歌的内容是形形色色的，诗歌的形式应该具有不同风格，如果用一种强制的或非强制的手段来进行某种统一的时候，这就只能是灾难。"从这段话中，我们便能感觉到先生的良知、真挚和勇气。如果说先生的评论体现出开明境界和自由精神，那么，他的诗歌则流露出含蓄细腻和别样深情。阅读谢冕的评论和诗歌，我们不仅会获得思想启发和艺术享受，而且还能感受到作者的人格魅力。

张清华、何向阳和敬文东，中间代文学评论家中的佼佼者。除了文学天赋之外，他们都接受过良好的文学教育，具有开阔的视野和扎实的功底，在长期的文学评论和研究中，形成了独特的个人风格。

在文学评论上，三位都有着自己鲜明的立场。张清华坦言，自己"采用的是'知人论事'方法，一个重要的原则就是把文本和人本放在一块，以人为本来理解文本"。他认为："如果能够通过文本接近人格境界，对人格境界有了一种理解，那么批评就是有效的，同时也是对自己的一种滋养。即便不去学他的人格，也会深化你对生命对人性的理解。"如此，"文学批评就变成了对话，不只是知识生产，还是一种精神对话"。何向阳表示："负责好自己的灵魂，是一个以深入人生、研究人性、提升人格为业的批评家作为一个人的最基本的责任。"这其实已成为她文学评论的逻辑起点和伦理追寻。与此同时，她还始终保持着一种清醒和自尊："当时间的大潮向前推进，思想的大潮向后退去之时，我们终是那要被甩掉的部分，终会有一些新的对象被谈论，也终会有一些谈论新对象的新的人。"而敬文东曾在不同场合反复强调："文学批评固然需要解读各种优秀的文学文本，但为的是建构批评家自己的理论体系；而文学批评的终极指归，乃是思考人作为个体在时间和空间中的地位，以及人类作为种群在宇宙中的命运。打一开始，我理解的文学批评就具有神学或宗教的特性，不思考人类命运的文学批评是软弱的、无效的，也是没有骨头的。它注定缺乏远见，枯燥、乏味，没有激情，更没有起码的担当。"作为评论家，张清华的敏锐，何向阳的细腻，敬文东的犀利，都已给广大读者留下深刻的印象。

在诗歌创作上，他们也表现出了各自的追求。张清华一直在思考怎样使诗歌写作同时更接近肉身和灵魂。"离肉身远，写作无有趣味，缺少生气；离灵魂远，则文本不够高级，缺少意义。所以，我所着迷的理想状态，应该是理性与感性的纠缠一体，是思想与无意识的互相进入，是它们不分彼此的如胶似漆。"他期望自己的诗歌写得既有意义，更有意思。如果了解何向阳的人生背景，我们便会明白，诗歌写作于她，绝对是内心自然而然的流淌，有着某种极致升华和救赎的意义。诗歌写作教她学会爱并表达爱。诗歌写作甚至让她感悟到了某种神性。正因如此，读何向阳的诗，我们在极简的文字中时常能感受到深情的涌动和爆发。敬文东的诗歌写作理由非常明确："我写诗的经历有助于我的学者身份，因为它给学者的我提供了学者语言方式之外的语言方式。语言即看见，即听到。维特根斯坦说，一个人的语言边界就是其世界的边界。有另一种语言方式帮助我，我也许可以听见和看见更多，能到达更远的边界。"身为诗人，张清华的不动声色和意味深长，何向阳的简约之美和瞬间之力，敬文东的奇思妙想和文体活力，都让他们发出了辨识度极高的诗歌声音。

而戴潍娜，来自"80后"青年评论家队伍，一位多才多艺、兴趣广泛、全面发展的才女和侠女。无论是评论还是诗歌，字里行间都会溢出如痴如醉的激情和坚定不移的温柔。文坛传说，她曾表示，如果有人让她卸掉一条胳膊或一条腿来换取一只猫或一只狗的性命，她一定毫不犹豫。这倒像是她的口吻和性情：极致的表达和极致的追求。她的评论和诗歌还流露出对语言的迷恋和开掘，有时会给人以语言狂欢和梦幻迷醉的强烈感受。这是位世界和生活热爱者，同时又是位世界和生活批判者。批判其实同样是在表达热爱。批判完全是热爱的另一种形式。这几句话，用于其他几位作者，同样有效。

阅读他们的评论和诗歌，我总有一种奇妙的感觉：作为优秀的评论家诗人，他们似乎正在理性和感性之间，在冷静和奔放之间，在肉身和灵魂之间，跳着一曲曲别致动人的舞蹈，展现出自己卓越的平衡艺术和多面才华。

文学评论，诗歌创作，这无疑让他们的文学形象变得更加完整，更加饱满，也让他们的文学生涯变得更加令人欣赏和服帖。

有趣的是，这五位评论家似乎都更加看重自己的诗人身份。兴许，在他们看来，文学评论只是本职，而诗歌写作却属惊喜。尊重他们的这种特殊心理，我们在排版时，特意将诗歌安排在评论之前。期望这样的安排也能给读者朋友带来惊喜。

2023年8月5日于北京

诗作品

探索集

好些事使我们觉得新奇 / 好些事使我们发生阻碍 / ——愈摸索，愈深入，我们就愈欢喜

久旱村庄

落叶在半空中飘零
古老的茅屋蒙上了灰尘
村庄中的农人呀
土地荒芜无人怜

久旱望甘霖
黑夜到天明
村庄中的农人呀
泪下如雨淋

水车发出痛苦的悲鸣
河水被车得一点无剩
村庄中的农人呀
惟恐禾枯心如焚

旱情陷入水深火热
满耳都是啼哭的声音
村庄中的农人呀
含泪地离开了家门

一九四八,四,二十八,国文课,鱼梁写

别看轻自己

在阴暗的
低垭的
墙角的一隅
茁长着年轻的野花群
它们是那样地弱小
无力
又是那样地活跃
富有生机
一边是先天地缺乏养分和阳光
一边是热烈地追求春天和生长
它们发芽
它们歌唱
这块贫瘠的小园地
变得生动
温暖
而充满光明

不要轻看自己
正如诗人说的
"一朵野花里看见天国"

春天的影子

早已蕴涵在它们的心里

它们仰着头

接受太阳的热吻

它们变得更年轻

更强壮

尽自己的力量

放出鲜艳明亮的色彩

别忘记

"在你的掌心里盛住无限

一时间里便是永远"

更要记住

"你孤芳自赏时

天地便小了"

它们奋斗在墙角

为了争取太阳的光线

1948 年 5 月 21 日作，26 日重改

摸 索

像是个刚出生的婴儿
我们来学习走路
——来探讨这个陌生的世界

我们摸索着，爬着，方晓得
除了我们生活着的世界以外
别有一个天地

好些事使我们觉得新奇
好些事使我们发生阻碍
——愈摸索，愈深入，我们就愈欢喜

当我们会走路的时候，当我们看见
绿色的原野和辽邈的苍穹
第一次呈现在我们眼前的时候

1948.9.25

控 诉

今天我们张口需要白米
你却用混合着沙砾的饭团
塞满我们的口 我们
有更多的愤怒喊不出来

假意的殷勤使我们厌恶
未开化的社会在严肃地演出
这原是一出传统的好戏
官僚与商贾串演的双簧

1948.10.18

诗人的市场巡礼

早晨十点开市
午后五点关门
物价高了百倍
胜利终归你们

难为官府老爷
来往奔波会议
新的政策流产
煞费苦心着急

黑心肝高擎算盘
向市民下总反攻令
一日中物价几波动
公教人员泪淋淋

店面无货空空如也
空余橱架向人呆笑
谎言百货进货断绝
暗市交易依然如旧

表面扬言遵从限价
暗中约定抵抗到底
近乎罢市的愚蠢举动
到头吃亏的只有自己

末世的人们欲笑不能
有泪也只得心中暗流
期待着一天奇突的变
那时已无须向你祈求

1948.10.30

地　狱

没有什么值得称颂
也没有什么值得诅咒
是自己种下的"恶因"
才收成了这批"苦果"

是阴凄凄的风刮着
是灰漠漠的天空
是暴风雨的前夕
而永远都是这样

一样有金钱的来往
（虽然是纸制的金锭）
也一样发生了显著的效力

有公正廉明的所谓法律
但也有人与人之间的私谊
地狱和人间原本就是一样

1948.10

天就要亮了

被阉割的雄鸡在伸长脖子
呼唤远方的第一道光线
黑暗笼罩下古老的大地
在苦痛地剥去这无边的苦难

像一只罪恶的蛇在蜕脱
可怖的外壳　早醒的婴儿
因惊异这难产的黎明啼哭
只有母亲的低吟：再睡会儿吧

1948.11.2

茶 花

瑟瑟的秋日
林丛在支离里悲泣
冬驾驶着轻舟来了
鼓舞的风沙是它仪仗的前导
想象里一个苍黑污垢无情的脸孔
是它生动的一幅素描
灌园叟皱纹的脸上
带着了胜利的笑容
茶花开了呢
血红的花朵开出一个春天来

1948.12.6

清道夫

雾用猫的脚步爬行

太阳在屋顶窥视

你想用一支扫帚

尽除去人间污秽?

看骷髅正起身狂舞

看死水正闪着光亮

看灰尘还满天价飞

看阳光还只窥视，不敢下来⋯⋯

雄鸡叫了，你用不着欢喜

因为真正的黎明!

要在阳光照耀每个角落时⋯⋯

1948.12.7

油 灯

夜正酣睡着呢
向日葵垂首了
方桌上微弱的光圈
描说着太阳一张骄傲的脸
幻想中泥土一旦翻了身
油灯一旦成了太阳

1948.12.9

给姐姐

蜘蛛在四围布下的陷阱
不幸的你做了牺牲

姐姐，看
太阳挣扎着杀开重围的乌云
出来了

异日你曾写过许多幸福的诗句
模糊的美好的幻影也曾映入你的心
善良的心祝福着双双北飞的燕
寄安康给奔波的它们
可是，你自己——

乌云重又占领了天宇
猛烈的风雨就要来临
姐姐，让我们迎向奋斗吧

1948.12.9

用生命写诗

燃一盏油灯吧
——在没有光的夜晚
打开洁白的稿纸
心中的话
　粒粒绚烂的珍珠
真理的声音
　大众的歌曲
欢颂着永恒、光和温暖
伏在案头
写，日夜地写
写！写！写！
用生命来写诗

1948.12.10 晚

遨　游

假使此时是一只翱翔天际的鹰

鸟瞰着这片漠漠大地

耀眼的罂粟花盛开

瘦小的河流潺潺

看风吹草偃仰

盏大的橘子红似二月花

绿丛夹注一弯羊肠小道

蜗牛慢慢跨上归途了

故乡的影看得见么

沿途留下了鲜明的行迹

这是生之历程吗

今夜仍将迈向生存之遥途

1948.12.12

冬

萧萧的风夹带着雨丝

鸽铃急促地响了

雨中小舟有点匆匆

冬来了，修女般沉静

死似的寂寥

阳光沉入海底了

那里去找人间的温暖

1948.12.12

有　感

夕阳的残照告诉着夜的降临
早出的新月窥于天顶
欲听雄健的鸡啼么
告诉你往事如烟尘
广场上孩子们笑语频频
傲然的石块在一旁孤独伶仃
说不出的苦痛说不出的悲情
好似那天顶的月旁无明星

1948.12.13，课外活动时凝立
篮球场侧看同学欢跃情形，偶成此

往日的噩梦

作者按：这首诗写的是我亲历的一个旧事。大约是1943（或是1944）年的冬季，日军侵占了我的家乡福州。侵略者为了战略的需要，他们毁灭农田果园，修筑义序军用机场。作者当年十一岁，也被强迫当了童工。

一举鞭间一现尴尬的笑脸
一张笑容里一颗晶莹的泪
二十四小时生活在这片广旷的
沃原上，每一时间里有死亡
向你猝击，风是警钟
从高盖山巅呼啸着
直下，奔向污垢褴褛的人浪
接着，骚扰与惶乱……
接着，枪尖与锄柄……

昔日，苍郁的柑橘园，如今
成了片黄土平铺，果树的坟场
浑圆的泪，像悲悼
爱子的夭亡……

无情的手腕，颤抖地紧握着
冰冷的鸭嘴锄，向着
自己心爱的、不忍加害的
田园，翻，掘，有更多的怨恨
只得忍吞，鞭的影
挥舞在你的头顶，暴力在猖獗
艳媚淫荡，红的唇，青春的笑
图案上不协和的着色
以透视的镜，穿射最内层
是泪珠的光映照的幻影
囫囵吞入的憎的体素
变形而为这矫作的笑容

谁在悲苦中高歌？

如盖的峰峦渐被铲平
倾倒，践踏，碾平
填满时间巨大的裂隙
牛临刑前的悲声哀号，打不动
麻木生锈的心弦，铁般的坚
粗的一条条，等待着，来日
呐喊似雷鸣抗议世界的不公
果而，巨树崩，坚城摧

食肉兽倒地……
刺刀曾伸入兄弟们的咽喉
雪亮的锋口染上红斑……
仇恨的细胞在繁殖，无止期

替海盗建造歇脚的旅店
以便来杀虐、奸淫……如今
这里听不到人的言语
是哭泣和鲁莽的兽性的喊呼
狗的猖獗……

薄暮拖动夜的网罟
撒下来，撒下来，围住天
一轮红球，滚下山后
疲倦得如要断气的弟兄
拖动瘦长的鬼影
远远地，消失在广原的深处
是谁家的野火荒烟
袅袅上升
平原好寂寥

1948.12.20晚，冬至前一夜，
忆旧事，满怀凄楚

严寒夜话

星儿数颗，皓月一盘
玻璃窗外丛树的耳语
寂然的相对
日间的积郁
值得在这里倾诉
落寞的击柝声
伴着寂寥的脚步……
在驰向黎明的跑道上
一颗明星陨落了

1948.12.30，课室中

送一九四八年

我不叹息，我不唏嘘，
太阳底下的哭泣与颤动
树叶再一度凋零
流水哗哗逝去
迎我的是
新闻纸一张涨红的脸
日历一张涨红的脸
飘展空中的国旗一张涨红的脸
是一张张希望的脸
是一张张兴奋的脸……
迎我的是
春的讯息
和平的讯息
和早晨鸡鸣的讯息……
迎我的
是笑
是新
是喜乐
是祈愿的话语……

1949 年元月二日早

没有太阳的日子

老人蹒跚在落日
的时光，跟太阳一道滚入
西山，丛林施展在夜的
帷幕上，老人的冀望
目光，向远处，远处张盼……
我有夸父的心肠
今天，我空自惆怅，天空中
乌云紧骤，那光，那灼人
眼目的光——落入黑暗的深渊
梦境里恍惚的火亮
惊醒，午夜彷徨于街头
的幽灵，空自欢喜
那天顶，有乌云鼓舞腾翻……

1949.1.8

淘金者

从干黑的土层深处

你们用双手，用锄尖

发掘地层心脏的秘密

那些蒙着污垢的

　　原始浑然的美

　　粗犷的颜面

经历了时间的考验

　　试探，淘洗，熔冶，磨炼

一天，光辉灿烂的发光的日子

在你们手中完成

1949 年元月十二日

村庄的冬天

冬天是肃杀的
村庄在冬天里颤栗
太阳温暖不了冰冷的心
太阳晒不干如雨的泪
生活在这里
——生活在冬天里

咱们的手抚摩着嫩绿的幼芽
咱们的锄尖舔吻着松软的泥土
咱们用水灌溉着它们
开花
结果
咱们的歌呵，歌唱着收获
明天呵，收获的季节
却是咱们哭泣的时候
咱们的劳力换来了眼泪
一担担的谷子，被抢走了
咱们只得喝些薯汤……

为了活命，要活下去呀

咱们的命真如虫蚁
桃花山倾崩了
压死了十多个"淘金者"
有些人从树顶上摔死了
为了砍树枝卖钱
为了活命
咱们用性命作了代价
最后是葬身荒原

咱们生活在这片土地上
咱们死了也要埋在这片土地中
咱们的骨灰
肥沃了自己的田园
田地上长出了丰满的果蔬

冬天是肃杀的
村庄在冬天里颤栗

严寒冻结在心之窗棂
咱们冀企着春风
冰雪消融的时候……

1949 年 1 月 14 日，学校寒假开始

忠　告

你们，这些愚笨的人们啊！
为什么紧闭你们的双眼
为什么缄口不语
为什么不打开捆缚你们的绳索
你们，为什么！

时代的巨轮轧死多少好梦
迷离扑朔的风雨中多少远行人倒下
严寒的黯夜里饥寒带走了多少生命
市侩商贾的算盘珠
像一枚枚子弹，射穿了
多少人的胸膛
那些特定的律则置多少人于死地

那些严厉而伪善的话语
使你们惊惧么
那些打击民众的黑手
那些暴戾的飓风几番吹折了大纛

这些，这些，使你们害怕么

啊，请你们睁开眼

看漫天烽火里，血和肉

筑成一座人民的记功碑

历史为见证，战后的国土

是自由的、庄严的

——为你们而建立

请你们张开失眠的、灰色的瞳孔

认清了

那些人是罩着面壳的

那些人是穿着黑外套的

那些人是屠杀你们的刽子手

历史为见证，在公理的法庭上

你们呀，这些愚笨的人们

请张开口来，不怕牙齿污垢

应当对着大众说话

——说出普天下人民想说的话

应当迎风一起唱歌

——唱出普天下人民心中的歌

你们，用迟钝的口舌

大声地说呀，喊呀

说：你们是多么地冀望着自由

冀望着吃得饱，穿得暖
唱！唱出一曲人民的进行曲
不管那声音是多么粗犷
——甚至是充满野性
唱出时代的最强音
——像我们的诗人一样

啊！你们应当挣脱掉
捆缚你们双手的镣铐
你们应当粗暴地呐喊，反抗
把数十年来阻碍人民行进的
绊脚石搬开！
用双手，解放出来的双手
建立一座巍峨的人民宫殿
奠定宫殿的基石和栋梁
一个崭新的国度在你们的
歌声里诞生！

呀！愚笨的人们
假使你能这样做
我将高兴地称你为"人民先生"
伟大的"人民先生"啊
在春天的菜畦上

我将看见你们在专心致志地
开垦!
在斗争的路途上
我将看见你们在勇猛地
搏杀你们世袭的仇人呢!

1949 年元月

寒　夜

严寒向夜的国土突击
摇闪的星
是双双带着灼热的冀望的眼
苍白的月流泪了呢
向日葵为什么低下头去
风，别再咆哮，呼啸
鸡鸣自远处来了
失眠的人
眷恋着明天的太阳

1949.2.5

火

在火中我见到真理，
那面庞是红涨的，
像急于说话而说不出来
的样子，火，真理的火焰！
顺着风，火，
刈光了莽原上的荆棘！
它要下种在春天，
把真理的种子
撒下来，开出一朵火的花。
火把旧的消灭，让新的
生——
我曾见到火以愤怒的
姿态，把顽固的黑石，
锻炼成
真金。
火是慈心的老人，
生活在寒冬之国里的人，
以热情的心拥抱着火！

1938.3.27，抄旧作于 31（三一中学）

岑 寂

不会是爝火的熄灭
不会是秋深的落叶
不会是死亡的沉寂
是生的抗争和奋进

像火山积蕴着潜力
像大海在狂飙前的隐匿
像奴隶们在暗室的角落
倾听春天轻微的步履

1949.2.24，抄正

春

蚯蚓翻松了冻结的泥土
春蠕动在田野
雨后的天宇是澄清的
太阳的轻光似万支金箭
蓓蕾的桃花笑出个春天来
又是燕子衔泥的时节
别辜负了布谷鸟的一番好意
快把春天的种子
带向每一个发霉的角落

1949.2.26

晨

远山是雾的世界
清早的辰光还是朦胧的
高昂的鸡鸣代替了
喑哑的犬吠
蔚蓝的天空中
有郁结的云块么
一声叫卖飘过了
春天的鸟鸣是多情的
婉转的歌声
牵来了黎明雄健的步伐

1949.4.13，抄旧作在 31

山　野

啄木鸟敲打着春天的音响

百合的号角吹醒冬日的噩梦

山野上的桃花怒放了

春涨的绿波涌上田塍

夜空上的星星装饰了梦的繁荣

问今夜花落几许

让骄阳抚拭枯草的伤痕

听一曲燕子迎春的歌吧

1949.2.27 作，3.15 改

夜

有月的夜是悲惨的
坟场上有残留的纸钱
谁家孩子的啼哭
引来猫头鹰凄楚的鸣叫
夜是大地受难的时候
远处闪烁的
是绿色的鬼火吗
露水湿重了小草的绿衣
荧火是寂寞中
唯一的点缀

1949.4.13，抄旧作在 31

泥 土

初春毕竟还有轻寒

田野是沉寂的

泥土也觉得人世的冷寞么

清明前的一场巨雷

泥土从冬眠之国里

醒来了

春风撒下了希望

要来的日子将不再是荒芜

泥土冀企着锄尖的舔吻

和耕牛亲切的脚步呀

油菜花的十字架

为它说明了生命的坚贞

绿色的繁荣世界

将渐渐地靠拢来了

1949.4.13，抄旧作在 31

发

青春是朵昙花
在蒙尘古镜上
你又窥见了它
已灰白了大半

那曾经是一条
可希望的生命
现在你想回首
却是一段伤心

那曾经是一条
可走的大路途
现在对你呆笑

还是那个叛徒
带走晨的欢欣
与薄暮的哀郁

1949.3.16

见　解

泪是对仇恨的报复
锁链会促使暴徒的叛变
法律原是罪恶的渊薮
冰封中有春来的信念

黑夜后会不是黎明
有人在冀企着春天
历史的车轮永不后退
寂然的火山孕有愤怒的火焰

1949.3.16，于 31

山　道

葱郁的森林里
有人为"苦难的世纪"送葬

山道上有苦力歇脚
生活的担压得他们喘不过气来

耕牛背上的犁耙
投了道暴力的影子

黄莺歌唱着希望
布谷鸟歌唱着播种

牧童吹笛走过
难道是和平的消息

农人们用锄头
建筑个收获的国度

1949.3.21

病　人

今夜的思想是一张白纸
悲哀涌上了混沌的脑际

梦里谁加给你一身沉重
醒来抽搐着满心的愤怒

这屋子凝结着紊乱与嘈杂
生命失去了应有的光耀

温度计告诉你岁月的零点
你依然喟叹着梦里的呓语

1949.3.27

雨天杂诗

伞

让泪洗过的灵魂
都聚拢到这里来
这里，阴沉的天将看不到
这里，留给你一个绚烂的梦
这里，没有风雨的侵袭
这里，痉挛的灵魂热烈地拥抱

雨　衣

惯于生活在雨中的人们
是穿着反抗的衣服的

耕

一场雨后
牛很快就把地翻松了
一场雨后
绿色的幼苗苗长起来了

行　人

雨中的路是难行的
有人在泥泞中倒下去了
黄浊的山洪
冲走了希望的小纸船

继续走下去吧
路毕竟是要走的

梦的失落

春天把希望挂上树梢
露珠滴下了泪的凄凉
有谁从远方摇来扁舟
而又倾覆在浩渺汪洋

他叛逆了土地

别再留恋这里的荒芜
到前面去
前面有光

一年到头的日子是一片烂泥

一双脚浸在冰冷的泪河里
土地充满血腥味而不再芬香
生活鞭挞着空洞的心
田中的乱草是一丘忧郁
饥饿如同肺结核的病菌
悲哀把完好的肺部蛀空
他曾经徘徊在绝望的边沿
现实的利刃给他的梦想
深镌着焦苦的烙印
幻想里有个开花的日子
犁耙和山锄却在暗处生锈

捧着一颗赤热的心
他迈步在崭新的路途上
他背着包袱
并不带雨伞
那些骤来的风雨
他准备去反抗

太阳多美
野花多香
这一切将是他新生命的征象

1949.4.4

牛

曾经有过

生活在草原上那段快乐的日子——

站在高高的山冈上

站在春天的旗帜的下面

啃嚼着鲜嫩的青草

倾听着欢乐的山歌

嗅野花迷人的芬香

或者躺卧在松荫下

让蝴蝶轻舞在你梦的边沿

太阳照着你温暖着你

生活在春天的阳光下

是幸福的

是绚灿的

如今

在一片吆喝声中

欢乐的歌谱带上了低沉的音符

永远的辛劳

使你抬不起疲乏的头

粗大的麻绳勒住了呼吸

囫囵吞下去的

是土块

是沙砾

不是甜草

是泪

是痛苦

不是幸福

生活的犁耙再也拖不动

得拖着，还有主人的鞭

管它抽得多狠

为了免受更多的痛苦

得忍受这眼前的迫害

笨重的脚步不要停留

在泥泞的冬天

总得迈进一步

春天的门槛

1949.4.11 夜

信

有人从远方寄来一封信
他说那边的农田都已下种
他说那边的士兵不取民物
他说那边的学生不闹学潮
他说那边的工厂不再罢工
他说那边的教师都安心教书
他说那边的人都有饭吃

他说那边的河流不再浑浊
他说那边的山不再皱眉
他说那边的小草也会开花
他说那边的小麦长得茁壮
他说那边的人民都欢乐
他说那边的人民都唱歌

1949.5.1

诗一章

自从你做了我们的叛徒
这古大陆便封锁在冰雪中
这片土地四千年的忧郁
未曾消失，而是更显沉重

谁会对你的诺言树立信心
除非你下决心彻底改变
你的口是心非已令人绝望
我们的醒悟就是批判和抗争

从前我们用鲜血养肥了你
如今你要全部偿还给土地
感谢你应得的刑罚和死亡
带给我们可以预期的日子

从你每一次精心扮演的闹剧中
我们学会了冷静的观察和判断

要生，得痛痛快快地生
要死，得轰轰烈烈地死

1949.5

西双版纳 / 瑞丽组诗

一切都恬静，从来没有风 / 所有的树木都会沉思 / 所有的花草都会做梦 / 叶片无声地舒卷，但它并不摇动 / 只有绿色在无休息地发酵 / 墨一样重，酒一样浓

曼锦兰

每天清早，曼锦兰撩起裙子
来到澜沧江边挑水
她把红色的江水浇灌田园
于是，稻花香了十里，蛙声唱了十里

每天黄昏，山头的星星亮了
曼锦兰还在低头锄草
她把野草锄得干干净净
江边种了芭蕉，山坡种了橡胶

夜晚，九十九座竹楼都亮了银灯
曼锦兰在晾台上闪着幸福的眼睛
明天一早，她要插上最香的洛达亨
驾驶拖拉机去迎接黎明

澜沧江上绿色的孔雀
黎明城边绿色的宝石
曼锦兰穿一身绿色的裙衫
她跳着舞，挑一副丰收的箩担

1973 年 11 月 3 日作于小勐仑

夜　景

蛙鼓虫鸣汇成了激浪的澎湃
漫天的月色泛滥成一个透明的海
惊醒酣梦的不是自然的音籁
几百种花香向人们无声地袭来

醇酒般醉人的是西双版纳的夜色
每一朵花蕾都在雾霭中睡眼半开
而静谧的夜晚又是多么欢腾
亿万双透明的翼翅颤动着喧嚣的节拍

密林里珠露急雨般敲打着如伞的阔叶
叶子下多少只蜥蜴在把草尖摇摆
拂晓时分月亮沉沉睡去了
笼罩一切的是雨雾还是迷蒙的云彩

　　　　　　　1973 年 11 月 5 日，小勐仑

西双版纳素描

一切都恬静，从来没有风
所有的树木都会沉思
所有的花草都会做梦
叶片无声地舒卷，但它并不摇动
只有绿色在无休息地发酵
墨一样重，酒一样浓

开花，花开得没有谢了的时候
结果，果结得没有完了的时候
花在幽幽地开放，果在幽幽地黄
不要声张，一切都在幽幽地繁忙
千万种色泽，千万种形状，千万种芳香
都在幽幽之中伟大地酝酿

树中有树
叶上有叶
花内有花
果外有果
花会含笑，草会害羞，鸟儿会唱最美的歌
千百种彩蝶在眼前袅袅地飞

那是飞翔空中的鲜花万朵

总是那么热烈的阳光，黄金般明亮

总是那样无云的蓝空，静海般安详

西双版纳在热带的阳光之下

总是那样绿宝石般闪闪发光

太多的雨露，太多的阳光，太肥沃的土壤

造就这无比的丰富，无比的神奇，无比的辉煌

哦，西双版纳，请给我一支画家的彩笔

一副儿童的奇思异想

　　　　　　　1973 年 11 月 5 日，小勐仑

黎明的城

凤凰木卷半天红云
槟榔树盖一城绿荫
浓雾中船只渡过澜沧江
远远近近走来了满街的傣家人

满街都是黑发簪着鲜花
满街都是窄衫衬着长裙
花篮般的竹箩露珠晶莹
满街的无言微笑，满街的舞步轻盈
也有轮船的汽笛迎风长鸣

也有汽车的喇叭向城市致敬
但景洪更多的是那种傣家少妇的文静
她默默地工作，付出劳动的艰辛

早晨十点钟，太阳升起来
城市展现金色闪闪的身影
这时候，全城碧绿的热带植物
都神话般放射出绿宝石的光明
很久以前被魔鬼夺走的宝石

如今闪耀在景洪的上空
千千万万迎着黎明前进的
正是那创造了光明的勇敢士兵

1973 年 11 月 5 日，小勐仑

（傣族传说：从前景洪这个地方，是一片黑暗的大海。一个勇敢的少年取来了宝石，挂在高高的椰子树上。海水退了，光明出现。但是魔鬼害怕光明，抢走了宝石。少年和魔鬼搏斗，追到海里，杀死魔鬼，夺回宝石。人们围在椰子树下欢庆胜利，跳舞直到天明，从此这个地方叫作允景洪——黎明城。）

爱尼山的夜晚

月亮出来，爬不上那高高的山崖
星星出来，在大青树的枝叶间摇摆
在我白天走过的地方
可以顺手都把星月摘采

竹楼外面，突然下了瓢泼大雨
那里，展现出一幅奇光异彩
闪亮的露珠大雨般倾泻
透明的月色又大雨般把一切掩埋

然而还有如浪的雨声
敲打着竹楼草编的顶盖
那是喃垛河呼吼着冲击河心的石块
那是满山的虫鸣汇成鼎沸的大海

一切都没有发生，都是月般和蔼
这时节只有流萤在草尖低回
只有花香组成了雾的涟漪
在人们的梦中轻轻地泛开

1973 年 11 月 6 日，小勐仑

沙查过河

落照满山时沙查过河
勐宽河为沙查壮行欢歌
他抚着猎枪，斜挎着黑色的筒帕
浪花在他脚下激起了旋涡

沙查前进的步履多么雄健
尽管河水的冲力想让他退却
这时节暮色从山上投了下来
他的背影只留下模糊的轮廓

无数的悬崖峭壁等他攀缘
还有莽莽的原始森林等他闯过
河水啊，别再为难年轻的队长
山寨里爱尼兄弟正焦急地把他盼着

他举起砍刀如金龙飞舞
荒山坡上开出了鲜花万朵
深山里他无数次搏击虎豹
沙查的猎枪喷吐着红色的焰火

落照满山时沙查过河

河岸上送别我心头火热

眼前匆匆远去的矫健身影

不正是一个民族在翻山过河

1973 年 11 月 6 日，小勐仑

米洛小唱

清早见米洛，米洛在河沿
拍打衣裙清水滩
晾衣石上，浓雾漫漫
米洛背水走在半山
呜——！呜——！
米洛背水走在半山

白天见米洛，割谷窝铺前
如梭挥动月牙镰
谷穗如山，汗水涟涟
她俯身捧饮几口清泉
呜——！呜——！
她俯身捧饮几口清泉

中午休息时，米洛来电站
挑一担茶水翻大山
同志辛苦，山茶香鲜
一碗一碗送到跟前
呜——！呜——！
一碗一碗送到跟前

夜晚见米洛，熊熊火塘边
两束达赫阿叶垂发辫
歌喉清脆，舞影翩翩
今天的生活比蜜还甜
呜——！呜——！
今天的生活比蜜还甜

1973 年 11 月 7 日，小勐仑

米 波

简陋的教室蜂房般喧腾
孩子们用唱歌的声音吟诵课文
刻木记事的爱尼人长久的愿望
化成了数十双又黑又亮求知的眼睛

每天在几个教室里穿梭般繁忙
米波多么像一只忙碌的蜜蜂
么等山上有最香最美的鲜花
她在采蜜，她又在传授花粉

操场上拔河竞赛在热烈进行
米波微笑着投进这欢乐的旋风
火塘边女学生跳起斗巴查
她是伴奏，以她清亮的嗓音

谷子成熟了，他们参加秋收
高山上弥漫着孩子们劳动的笑声
米波揽着最小的孩子走在后面
她像姐姐，她又像母亲

么等山上最好的木材做了桌椅
喃垛河边最粗的竹子做了窗门
假日里她带领学生种植了芭蕉
如今芭蕉的阔叶已铺出一片绿荫

铺出绿荫，一片光明
米波欢喜地谛听自己民族前进的足音
这时节，芭蕉林反射出灿烂的霞光
她有绿叶，又有深深的根

1973 年 11 月 7 日，小勐仑

听伊罕宽演唱赞哈

是缅寺前一树菩提的凝思
是竹楼中一架纺车的私语
是滚动于层云的闪光的箭矢
是阳光般洒下的奇幻的金雨

是火塘边一缕炊烟的温馨
是槟榔林下含情脉脉的眼睛
是飘自深谷的无声的云流
是明月下微漾的满江的繁星

白天太多的艳阳，夜晚太多的月光
无所不在的虫鸣，无所不在的花香
雨后的叶片滚动着透明的珍珠
西双版纳密林里有云雾的茫茫

伊罕宽的歌声给人绮丽的联想
它是一切，它又与一切不全一样
仿佛是诉说一个静谧的梦境
仿佛是描绘夕照中梳洗江边的形象

鬟鬓如花，筒裙悠悠
这时节，伊罕宽支颐向着远处凝眸
耳边的竹篥启动傣家女儿美丽的心
从那里，流出了如此委婉悠长的节奏

1973 年 11 月 11—13 日，小勐仑

我想起西双版纳绵绵的竹林

爱尼山上竹
米内一片心
————刻在米内所赠筷子上的题词

我想起西双版纳绵绵的竹林
想起那无边的碧波在阳光下翻腾
想起那叶片上晶莹透亮的朝露的盈盈
想起那丛林里永不消失的云雾的蒙蒙
肥沃的土壤和充足的阳光、水分
造就了这漫山遍野青枝绿叶的繁盛

我想起西双版纳绵绵的竹林
想起那挺拔的躯干撑着青云
想起那茂密的枝叶四季常青
想起那沃土下扎着风雨不可摇撼的深根
这是捍卫祖国边疆多么威武的士兵
他的举着绿色的长枪组成了绿色的长城

我想起西双版纳绵绵的竹林
想起那永不衰竭的蓬勃的生命

尽管这时北京已经冰封雪凝

眼前却是绿色的世界碧玉般晶莹

我多么羡慕这难以磨灭的春天的热情

我多么热爱这世居在青山翠岭的勇敢的人民

我想起西双版纳绵绵的竹林

那里埋葬了一个民族往日的艰辛

一堆篝火挡不住森林子夜的寒冷

长年的粮食是那林荫的竹笋

竹片上刻不下土司头人的债务

竹碗里盛不下民族和阶级深海般的仇恨

我想起西双版纳绵绵的竹林

我多么感激这个民族的豪放多情

语言的不同隔绝不了我们同样热烈的心

因为我们共同生活于伟大祖国的家庭

仅仅是因为我来自首都北京

给了你们那么多的欢快,给了我那么多的信任

我想起西双版纳绵绵的竹林

一只渐淡的竹碗表达那海洋的深情

我难忘生活在爱尼山上的日日夜夜

我难忘竹楼是缕缕炊烟的温馨

我不觉得我是生活在异族之中
我觉得眼前充满了手足之情切切殷殷

我想起西双版纳绵绵的竹林
我永远难忘着崇山中跳动着母亲的心
难忘那陡峭崎岖的云端小道
为砍竹她穿过茫茫的原始森林
难忘那一天热带雨飘打茅屋檐
她低头削碗不顾雨湿衣裙

那天离寨她把竹碗送我手中
用断续的汉话说着"阿匹——母亲"
我多么难忘分手时她那无言的伤感
她回首去轻轻地拭着黑色的衣襟
啊，我想起西双版纳绵绵的竹林
啊，我想起西双版纳绵绵的竹林

1973 年 11 月 13—15 日，小勐仑

罗梭江山望月

罗梭江凝成了雪铺的路
勐仑坝是一只透明的湖
无边的丛林是无边的琼花玉树
哦！亮晶晶的全是那海底的珊瑚

湖浪在飘飞，细雨在翻舞
不，漫天滚动的是那银色的雾
远峰如浪，吊桥如舟
一切都在光波中微微飘浮

此岸，彼岸，梦境般恍惚
看身边的星星无声地流向远处
此时，唯有周围的虫鸣唱出了幽清
唯有曼扎小寨的竹筚唱出了无尽的肃穆

1973 年 11 月 28 日，勐腊

绿色的曼听

绿色的雾
绿色的云
绿色的阔叶
反射着绿色的光莹

曼听，曼听
永远覆盖着盛夏的浓荫
竹楼呢，竹楼呢
竹楼沉没在绿色的海中
彩衫啊，筒裙啊
还有那美丽的花鬓
不过是绿色天宇中
几点隐约的星星

一所竹楼
一座森林
一家庭院
一片公园的绿荫
当你行走在曼听的小径
可以想象海底澄碧的世界

春江流水的融融

西双版纳没有风

四时都那么娴静

而当你置身在曼听的密林

立即可以感受到

绿色卷起了旋风

绿色激起了浪涛的汹涌

它们拥挤着、压迫着叶、椰子、槟榔、油棕……

摔开绿色的浪纹

炸开电闪雷鸣

向着高空升腾

而曼听有着真正的宁静

没有浪涛，也没有暴风

没有电闪，也没有雷鸣

那鸟儿仿佛是在幽深的山谷歌唱

那舞步盈盈的队伍，也没有任何足音

婴儿也不啼哭，公鸡也不打鸣

日日都似炎夏的中午

数十座竹楼任何时总是睡眼惺忪

就是村寨边上壮阔的澜沧江水

也没有任何水声，鼓动着伟大的寂静

然而，然而
也有突来的怪物打破梦境
一台运粮的拖拉机在晒场边停
打破这绿色世界的和平
马达带来真正的骚动
那红色的机身，点缀着万绿丛中的一点鲜红

1973 年 12 月 19 日，澜沧惠民

赶　摆

澜沧江扬臂飞向了半空
化成这满街细雨的空蒙
欢乐的傣家人撑开千万面花伞
花伞下激起了吉祥的旋风

从白日借来朝霞、多彩的流云
从夜照借来月色、闪亮的星辰
从常青的大地借来花果的香泽
组成了人间斑斓的飞虹

象脚鼓鼓动着飞腾的高升
锣催促着龙舟的跃进
当竹楼的灯光溢出了流波
沿江边有多少孔雀在静静地照影

干了又湿的是节日的衣裙
理了又乱的是斜簪缅桂的花鬟
薄暮的江边飘过来一朵彩云

那一副箩担走得多么轻盈

1974 年 1 月 14 日深夜，
作于京昆 32 次列车上
记 1973 年除夕看西双版纳
文工团演出之《赶摆》

么等山寨晨曲

竹楼的尖顶海中的岛
晾台外滚动着无声的波涛
只听得身边衣裙的窸窣
原来是阿初背水回来了

火塘的红光微明的天
阿初的背影缭绕着轻烟
锅上的木甑在那里歌吟
切碎的芭蕉秆味道多么香甜

云海里传来了遥远的鸡鸣
露珠如急雨敲打着密林
不要说牛帮的木铎多么沉闷
茫茫的山道它们又开始一天的征程

1974 年 1 月 24 日旧历正月初二，于北京

勐仑道旁的蝶舞

这不是春日
这是西双版纳不存在的严冬
这不是梦境
这是西双版纳白日的真景

那时我从美丽的坝子勐仑
披着热带的艳阳走向莫登
山道、水滨、竹楼、丛林
槟榔树底筒裙摇曳
罗梭江畔花伞如云
空气里饱含多少花香、果香
多少鸟鸣唱出了原始森林的悲清

尽管不是春日
也尽管不是梦境
我仿佛被醇酒灌醉
无法梳理思绪的宁静
我眼前出现了神奇的幻景

花多，多得仿佛泛起浪纹

花香，香得空气染成了五彩缤纷

此刻，沐浴着温暖的阳光

此刻，伴着远处悠悠的江声

西双版纳所有的鲜花

全在我的身边翩翩飞行

那是筒裙如微波盈漾

还是钻石耳环在鬓边闪动

那是彩色纱衫的翼翅

还是筒帕流苏的盈盈

哦，不，

尽管这不是春日

也尽管这不是梦境

在山道，在水滨

在西双版纳透明的空气中

我的身边，无数的彩蝶

激起了鲜花的旋风

1974 年 2 月 8 日—3 月 13 日，北京

滇边印象

一场热带雨驰去匆匆
太阳射进了郁郁的林丛
刹那间腾起了漫漫的雾霭
阳光现出异彩，犹如天际的长虹
一道道光束耀眼，却又是那样空蒙

我觉得是在悠悠的梦中
那里的林木森森，海洋般喧腾
树木叠着树木，山峦般严峻
在那里，悠悠地舒展着绿色的阔叶
在那里，悠悠地缠攀着巨大的葛藤

我觉得是一队箩担的轻盈
悠悠地飘过那清澈的河滨
于是，于是
在那里出现了一片悠悠的彩云

悠悠的彩云，孔雀的花翎
筒帕的流苏投下奇异的光痕
多彩的裙裾漾起微微的清风

银色的簪笄映衬堆髻的娟弱
金色的钏环闪出柔婉的风韵

花深似海
鸟鸣如风
这里，那里，都闪射着珠露的晶莹
这里，那里，都展示着神奇的仙境

1974 年 3 月 13 日，北京

车停勐远

森林汹涌着堵截向前
围困、吞噬，仿佛是黑浪的遮天
银子般的公路伸向拂晓的勐远
被挤成丝一般弯曲的白线

车灯挥舞着黄金的巨剪
铰碎了西双版纳旱季浓重的云烟
灯光下原始森林闪闪发亮
到处是黄金的蓓蕾，黄金的叶片

云海上托起一片黄金的楼台
水晶的流泉缭绕着清亮的村寨
车门打开，边防军走下来
捧一掬清泉，洗去尘埃

这时，木杵和泉音奏着晨曲
顶水的傣家女在椰林中远去
临水的晾台上扑打着鸽翅
浮动起香茅草浓郁的香气
这么清，这么远，这么迷人

丝丝缕缕都在晨光中抖动
哦，芬香的寨子，芬香的林丛
哦，芬香的空气，芬香的水云

1974年8月5日，三进春城
写去冬西双版纳印象

勐遮的市集

云太多了，被丝丝挤下广阔的天宇
花太多了，盛开如热带连绵的细雨
西双版纳所有的鲜花和彩云
黎明时节都拥向宽广的勐遮坝子

要说无边的原始林是翡翠的海
勐遮就是海中一支彩色的珊瑚
而勐遮本身不也响着悦耳的涛音
而人民难道不就是穿行海里的游鱼

箩担的行列显示人民的智慧
无尽的花果展现边疆的丰裕
各民族这时都用自己唱歌般的语言
共同谱写着勐遮多彩的旋律

你看喧腾的海面跳闪着金色的浪花
无边无际的是发光的钗环与流苏
鲜花如云，彩云如花
这生活的海多么神奇多么丰富

葫芦信的故事已经结束
景真的姑娘和勐遮的青年正携手漫步
整个西双版纳此刻都在翘望
谛听从这里发出的新生活的祝福

1974 年 8 月 7 日，昆明

夜宿保山，漫步街头，即景

疏淡的星星出来，集市散了
路灯照亮梨黄榴红的街挑
夜空里撑开银桦的枝叶
画出了墨绿色的孔雀的翎毛

苍茫中牛队穿行街心
铜铃声声，满城响起流泉的微吟
这时，豌豆凉粉的摊旁飘着花香
姑娘手里的夜来香闪着雪的晶莹

1974 年 8 月 17 日，保山

没有篱笆的梦

头枕着纷至沓来的泉声
覆盖着无边无际的虫鸣
这里的夜晚比白日喧腾
这里有极度喧腾之中极度的宁静
一千次绮丽的梦境
一千次幸福的梦醒
梦里梦外抖擞蛙鼓伴着月明

无所不在的月色
无所不在的虫吟
无所不在的花香
无所不在的露珠急雨般往下倾

我的竹楼
有着美丽的造型
尽管它没有窗子
一切的色泽、音响和气息
都无阻地直行

我的竹楼

是茅草和竹枝构成

此刻站在明月下

却水晶般透明

而我的梦也没有篱笆

它搁不住空气中充溢的花叶的清馨

也搁不住欢乐的夜籁组成的悠扬的鸣琴

我的梦是热带雨林一棵树

开着奇花，结着异果

爬着、缠着、垂着巨大的枝藤

我的梦极度的宁静

却蕴含着极度的喧腾

泉声是我的鼾息，梦呓是楼外的虫鸣

亿万双翼翅多彩又透明

全都在悄悄的月色之中

颤动、飞舞、掀起香阵

发出歌吟

篱笆挡不住这夜的激流

我的梦没有边境

1974 年 8 月 20 日，临沧（旧称缅宁）

西双版纳的浓情

绿，绿得浓

是谁把浓墨泼上了半空

香，香得浓

终年的花香果香如云雾的蒙蒙

甜，甜得浓

蜜一般的汁液可以卷起旋风

就连太阳的光线

也浓得火一般红

西双版纳的每一颗晨露

晶莹、透亮

映射着四季长驻的春光融融

这里的语言悠扬而抒情

这里的笑声清脆而轻松

槟榔树底的眼睛会说话

椰林深处的箩担快如风

为了迎接远方飞来的金孔雀

原始林中，可以点起火把的长龙

为了送行新结识的朋友

寒夜的火塘边山茶煮了一盅又一盅

西双版纳的风情浓似酒
西双版纳的情谊比酒浓

1974 年 8 月 21 日，临沧

自临沧赴大理途中

朝发临沧暮南涧
无量哀牢山势陡

正是雨季全盛时
满谷山洪如狮吼

红浪千里倾天来
溅起雪花大如斗

我看江河似相识
澜沧结伴为好友

我和澜沧手拉手
澜沧与我并排走

有时幽幽如处子
茂林修竹映江洲

有时欢跃如脱兔
迅雷急电撼山抖

澜沧沿岸奇景多
为之倾心经年久

京华夜梦热版纳
彩蝶纷绕身前后

我恋澜沧展双翼
骋怀万里蝴蝶游

心诚神往梦成真
初访澜沧昔年秋

黎明城中不夜天
景洪桥前流连久

更喜橄榄坝边水
浩瀚无声去悠悠

凤尾森森绰约处
异邦风物眼底留

我谓此行心已足
不意重逢在中流

人生有情须尽欢

踏遍青山无忧愁

辞别澜沧心行远

洱海之滨苍山头

1974 年 8 月 27 日，下关

夜的瑞丽

十三只壁虎盯着柔和的灯光
一树缅桂把澄净的夜空染香
异国竹楼的油灯星星般闪亮
耳边传来了彼岸无边的蛙唱

夜露暴雨般倾盆地下
身边疾驰着流萤的电光
瑞丽仿佛是墨绿的深潭
蓝色的星星泛出一层神秘的蓝光

瑞丽江是一条柔软的缎带
梦一般在国境线悠悠流淌
两个国家虫鸣和灯火织在一起
织成了人民和平的夜来香

1974 年 8 月 27 日，大理州洱海宾馆

瑞丽街头小景

无边的凤尾竹荡漾了翡翠的波光
蛙鼓虫鸣鼓动着喧腾的海浪
瑞丽是绿海洋中一块绿岛
她是块绿宝石在海上闪光

墨绿的老榕撑一树荫凉
扎土的根须柱梁般粗壮
浓荫下成堆的波罗蜜来自南坎
滇缅公路上飘着异国的甜香

我们的筒裙和纱衫一样艳丽
傣家的女主人都爱把缅桂花簪在髻上
同样的语言加上同样的装扮
国外的亲戚到这里如返家乡

纱笼多么鲜，雪茄多么浓
不用怀疑这是国土还是异邦
生活没有藩篱，和平没有边疆
大地上的人民都热爱幸福的理想

1974 年 8 月 27 日，大理州洱海宾馆

瑞丽的绿

绿色的山峦，绿色的江水
绿色的田野翡翠一般美
铺天盖地的是瑞丽的绿
这里弥漫着绿色的露珠绿色的空气

绿色的宝石，绿色的锦缎
绿色的河山驰掣着绿色的闪电
绿色的瀑布，绿色的溪泉
漫无边际倾泻着绿色的水帘

一颗青梅，一树春柳
澄碧的池水中抽出的几支蒲箭
瑞丽的四时总是这般的春色盈盈
浑然一体的新鲜
浑然一体的轻浅
浑然一体的明艳

阳光照过来，瑞丽江边
浮动着迷离的绿色的光焰

它闪光，它透明，它晶莹
这时，一行白鹭飞上了绿色的江天

1974 年 8 月 28 日，下关

瑞丽江边小调

你住在江的东边
我住在江的西边
瑞丽江是我们共同的母亲
我们共享她乳汁的香甜

你家的竹楼飘着炊烟
我家的竹楼飘着炊烟
你家的鸡啼唤醒了我们
我们同时走上翠绿的田间

你家的篱笆上晾着筒裙
我家的晾台上晒着纱衫
热带的阵雨就要来了
快叫小普少收起晾干

今天是八月十二
明天是八月十三
瑞丽赶街的日子就要来到
我清早驾船接你到对岸

1974 年 8 月 28 日，大理州下关

芒市风情

这是芒市的夜晚还是白天
蛙声唱起来太阳不肯下山
傍晚的阵雨敲打着街道
雨刚停就摆满了地摊

路灯下削好的菠萝多么香甜
白衣黑裙的大嫂殷勤地送你面前
竹笠下飘动着青绿的柏枝孔雀的尾翎
傣家的少男少女在晚市上流连倚肩

这里有一树茉莉发出清香
那里高大的缅桂黄金般灿烂
宽广的芒市坝子有海洋的欢乐
天边的虫鸣鼓动着壮阔的波澜

1974 年 8 月 28 日，大理

边寨短诗

一

榕荫一路攀枝花
凤尾丛中是我家
窄衫筒裙照影处
仙人巨掌作篱笆

二

柚子垂枝到晾台
星如江河月似海
遍野虫鸣遮不住
露打芭蕉疑雨来

三

正是菠萝成熟时
清风醉人人如痴
多情最是傣家女
漫道芳香似吟诗

四

瑞丽江水去悠悠
流往异邦古渡头
谁家竹竿吹明月
彼岸灯火有竹楼

五

山光水色如轻纱
鸡鸣处处唤啼蛙
但看隔江炊烟起
便是邻国亲朋家

六

一江碧水两村寨
一样鲜花两地开
明朝赶摆城中去
我驾轻舟接你来

1974年8月29日夜，大理下关。记瑞丽
登高寨子印象，该寨隔江与缅甸寨子相望

双纳瓦地

双纳瓦地又沉闷又喧腾
成群地坐着、蹲着，一片黑色的衣裙
鸡在手中交换，人在坡上吐烟
没有笑声，只有黑亮的眼睛在逡巡

怒江河谷翠绿的芭蕉岸
双纳瓦地是峡谷里巨大的空间
雪山上的云彩纷纷飘到这里
这里泛滥着一个海的波澜

1974 年 9 月 7 日夜，碧江知子罗

怒江小景

汽车奔走在翠绿的怒江岸
两旁是冰雪覆盖着高山

一边是高黎贡山巨峦插天
一边是碧落雪山云峰连绵
对峙的两山留出了云天一线
怒江就狂奔在这窄狭的空间

山上没有飞鹰
江中不见舟船
千里长河，唯有几座吊桥，数根溜索
描绘着这世上罕有的天险

怒江的涛声如鼓乐喧天
伴送我转身飞上了山巅
汽车长鸣，碧江到了
车窗外飘落了几丝云片

1974 年 9 月 7 日夜，碧江知子罗

诗学随笔

在新的崛起面前

新诗面临着挑战，这是不可否认的事实。人们由鄙弃帮腔帮调的伪善的诗，进而不满足于内容平庸形式呆板的诗。诗集的印数在猛跌，诗人在苦闷。与此同时，一些老诗人试图作出从内容到形式的新的突破，一批新诗人在崛起，他们不拘一格，大胆吸收西方现代诗歌的某些表现方式，写出了一些"古怪"的诗篇。越来越多的"背离"诗歌传统的迹象的出现，迫使我们作出切乎实际的判断和抉择。我们不必为此不安，我们应当学会适应这一状况，并把它引向促进新诗健康发展的路上去。

当前这一状况，使我们想到"五四"时期的新诗运动。当年，它的先驱者们清醒地认识到旧体诗词僵化的形式已不适应新生活的发展，他们发愤而起，终于打倒了旧诗。他们的革命精神足为我们的楷模。但他们的运动带有明显的片面性，这就是，在当时他们并没有认识到，历史是不能割断的。尽管旧诗已经失去了它的时代，但它对中国诗歌的潜在影响将继续下去，一概打倒是不对的。事实已经证明：旧体诗词也是不能消灭的。

但就"五四"新诗运动的主要潮流而言，他们的革命对象是旧诗，他们的武器是白话，而诗体的模式主要是西洋诗。他们以引进外来形式为武器，批判地吸收了外国诗歌的长处，而铸造出和传统的旧诗完全不同的新体诗。他们具有蔑视"传统"而勇于创新的精神。我们的前辈诗人们，他们生活在一种无拘无束的自由开放的艺术空气中，前进和创新就是一切。他们要在诗的领域中扔去"旧的皮囊"而创造"新鲜的太阳"。

正是由于这种开创性的工作，在"五四"的最初十年里，出现了新诗历史上最初一次（似乎也是仅有的一次）多流派多风格的大繁荣。尽管我们可以从当年的几个主要诗人（例如郭沫若、冰心、闻一多、徐志摩、戴望舒）的作品中感受到中国古代诗歌传统的影响，但是，他们主要的、更直接的借鉴是外国诗。郭沫若不仅从泰戈尔、从海涅、从歌德，更从惠特曼那里得到诗的滋润，他自己承认惠特曼不仅给了他火山爆发式的情感的激发，而且也启示了他喷火的方式。郭沫若从惠特曼那里得到的，恐怕远较从屈原、李白那里得到的为多。坚决扬弃那些僵死凝固的诗歌形式，向世界打开大门吸收一切有用的东西以帮助新诗的成长，这是"五四"新诗革命的成功经验。可惜的是，当年的那种气氛，在以后长达半个世纪的时间里，没有再出现过。

我们的新诗，六十年来不是走着越来越宽广的道路，而是走着越来越窄狭的道路。三十年代有过关于大众化的讨论，四十年代有过关于民族化的讨论，五十年代有过关于向新民歌学习的讨论。三次大讨论都不是鼓励诗歌走向宽阔的世界，而是在"左"的思想倾向的支配下，力图驱赶新诗离开这个世界。尽管这些讨论曾经产生过局部的好的影响，例如三十年代国防诗歌给新诗带来了为现实服务的战斗传统，四十年代的讨论带来了新诗中国作风、中国气派的新气象等，但就总的方面来说，新诗在走向窄狭。有趣的是，三次大的讨论不约而同地都忽略了新诗学习外国诗的问题。这当然不是偶然的，这是受我们对于新诗发展道路的片面主张支配的。片面强调民族化群众化的结果，带来了文化借鉴上的排外倾向。

当我们强调民族化和群众化的时候，我们总是理所当然地把它们与维护传统的纯洁性联系在一起。凡是不同于此的主张，一概斥之为背离传统。我们以为是传统的东西，往往是凝固的、不变的、僵死的，同时又是与外界隔裂而自足自立的。其实，传统不是散发着霉气的古董，传统在活泼泼地发展着。

我国诗歌传统源流很久：诗经、楚辞、汉魏六朝乐府、唐诗、宋词、元曲……几乎每一个时代都有自己的诗的骄傲。正是由于不断的吸收和不断的演变，我们才有了这样一个丰富而壮丽的诗传统。同时，一个民族诗歌传统的形成，并不单靠本民族素有的材料，同时要广泛吸收外民族的营养，并使之融入自己的传统中去。

要是我们把诗的传统看作河流，它的源头，也许只是一湾浅水。在它经过的地方，有无数的支流汇入，这支流，包括着外来诗歌的影响。郭沫若无疑是中国诗歌之河的一个支流，但郭沫若却是融入了中国古典诗歌，特别是外国诗歌的优秀素质而成为支流的。艾青所受的教育和影响恐怕更是"洋"化的，但艾青却属于中国诗歌伟大传统的一部分。

在刚刚告别的那个诗的暗夜里，我们的诗也和世界隔绝了。我们不了解世界诗歌的状况。在重获解放的今天，人们理所当然地要求新诗恢复它与世界诗歌的联系，以求获得更多的营养发展自己。因此有一大批诗人（其中更多的是青年人），开始在更广泛的道路上探索——特别是寻求诗适应社会主义现代化生活的适当方式。他们是新的探索者。这情况之所以让人兴奋，因为在某些方面它的气氛与"五四"当年的气氛酷似。它带来了万象纷呈的新气象，也带来了令人瞠目的"怪"现象。的确，有的诗写得很朦胧，有的诗有过多的哀愁（不仅是淡淡的），有的诗有不无偏颇的激愤，有的诗则让人不懂。总之，对于习惯了新诗"传统"模样的人，当前这些虽然为数不算太多的诗，是"古怪"的。

于是，对于这些"古怪"的诗，有些评论者则沉不住气，便要急着出来加以"引导"。有的则惶惶不安，以为诗歌出了乱子了。这些人也许是好心的。但我却主张听听、看看、想想，不要急于"采取行动"。我们有太多的粗暴干涉的教训（而每次的粗暴干涉都有着堂而皇之的口实），我们又有太多的把不同风格、不同流派、不同创作方法的诗歌视为异端、判为毒草而把它们斩尽杀绝的教训。而那样做的结果，则是中国诗歌自"五四"以来没有再现过"五四"那种自由的、充满创造精神的繁荣。

我们一时不习惯的东西，未必就是坏东西；我们读得不很懂的诗，未必就是坏诗。我也是不赞成诗不让人懂的，但我主张应当允许有一部分诗让人读不太懂。世界是多样的，艺术世界更是复杂的。即使是不好的艺术，也应当允许探索，何况"古怪"并不一定就不好。对于具有数千年历史的旧诗，新诗就是"古怪"的；对于黄遵宪，胡适就是"古怪"的；对于郭沫若，李季就是"古怪"的。当年郭沫若的《天狗》《晨安》《凤凰涅槃》的出现，对于神韵妙悟的主张者们，不啻是青面獠牙的妖物，但对如今的读者，它却是可以理解的平和之物了。

接受挑战吧，新诗。也许它被一些"怪"东西扰乱了平静，但一潭死水并不是发展，有风，有浪，有骚动，才是运动的正常规律。当前的诗歌形势是非常合理的。鉴于历史的教训，适当容忍和宽宏，我以为是有利于新诗的发展的。

此文初刊于 1980 年 5 月 7 日北京《光明日报》，初收《共和国的星光》，又收《当代学者自选文库:谢冕卷》《谢冕论诗歌》。据《光明日报》编入。

失去了平静之后

中国新诗失去了平静。人们因不满新诗的现状而进行新的探索，几经挣扎，终于冲出了一股激流。几代人都在探索：老的、中的、特别是青年人，他们是主要的冲击力量。

青年人热情而不成熟，富于幻想也易于冷却。对青年施以正确的引导，对此不应有异议，但对那种带引号的"引导"，却也不可苟同；同时，若是真理掌握在他们的手中，则我们也不可拒绝接受引导。韩愈说过，"弟子不必不如师，师不必贤于弟子"，这是常理。我们深信未来不致因我们已经不在而泯灭，我们就要相信青年。

当前新诗所受的冲击波，动摇着建立在许多人心头的褊狭的诗的观念。分歧是巨大的。在如下问题上，不同意见有着尖锐的对立：三十年来新诗的发展是否遇到了挫折，从而由宽广而渐趋于窄狭？新诗是否只能拥有一个"基础"——"古典诗歌和民歌的基础"、一个"主义"——"现实主义"，它是否应当拥有更为广阔的借鉴对象和艺术表现的方法？是否承认当前新诗正面临着一番大有希望的新崛起，从而给予科学的评价：它究竟是一股激流，还是一股末流乃至暗流（不曾有人这么明确地说过，但"沉渣泛起""颓废派""古怪诗"等谥号早已用上）？

失去了平静以后，我们应当如何？我们需要恢复平静。我们需要平静地想想分歧何在，我们也需要了解我们所不曾了解的诗的新潮及其作者们——主要是青年人。

历史性灾难的年代，造就了一代人。他们失去了金色的童年，失去了温暖与友爱，其中不少人，还失去了正常的教育与就业的机会，他们有被愚弄与被遗弃的遭遇。"它们都不欢迎我，因为我是人"（舒婷）。这位女诗人感到了不受欢迎与不被理解的悲哀，她有着置身荒漠的孤独。以致直至今日，她还在痛苦地呼唤："人啊，理解我吧。""我不愿正视那堆垃圾，不愿让权和钱的观念来磨损我的童心。我只有躺在草滩上看云，和我的属民——猪狗羊在一起。"（顾城）这位诗人看到了丑恶，清高使他同样获得了孤独感，而且不掩饰他的愤激。青年一代的情况，有惊人的相似，不独城市青年如此。一位写了很多美丽的诗篇的出生于农村的青年说，他之所以喜爱大自然，是由于"讨厌社会上的尔虞我诈，人与人之间的互相倾轧"，他说，我"喜爱那稍稍远离权力之争的乡村，但我又为农民的痛苦生活而流泪"（陈所巨）。他们不约而同地都对现实持怀疑态度，他们发出了迷惘的问话："冰川纪过去了，为什么到处都是冰凌？好望角发现了，为什么死海里千帆相竞？"（北岛）他们对生活的"回答"，是"我不相信"四个字。

于是，他们对生活怀有近于神经质的警惕，他们担心再度受骗。他们的诗句中往往交织着紊乱而不清晰的思绪，复杂而充满矛盾的情感。因为政治上的提防，或因为弄不清时代究竟害了什么病，于是往往采用了不确定的语言和形象来表述，这就产生了某些诗中的真正的朦胧和晦涩。这就是所谓的"朦胧诗"的兴起。

黑暗的年代过去了，人们可以在明亮的阳光下自由地生活。他们开始怀着忐忑的心情唱起旧日的或今日的歌。他们由迷惘而转为思考；当然，他们的思考也带着那个年代的累累伤痕。畸形的时代造就了畸形的心理。他们要借助不平常的方式来抒写情怀，这就造成了某种在思想和艺术上都显得"古怪"的诗。这种诗在悄悄地涌现。尽管他们长期处于"地下"，但却顽强地萌动着，这是一个崛起的过程。

也许有些人不喜欢它的产生，但它毕竟是不合理时代的合理的产儿。它所萌生的温床是动乱的年代——"文革"十年打破了他们天真烂漫的幻想世界，痛苦的经历以及随后对它的思索，成为这一诗潮的生活和情感的基础。到了为这一时代送葬的礼炮响起——天安门事件的发生，为诗歌的复苏燃起了光明与希望的火种。许多青年的创作基调也由此获得了转机。即时出现了这样的一首诗：

一个早晨

一个寒冷的早晨

中国在病痛、失眠之后

被雾打湿了的

沉重的早晨

一双最给人希望的眼睛没有睁开

亿万个家庭的窗口紧闭着

　　　　　　　　　　——江河《我歌颂一个人》

这里所提供的形象，以及它那不是由叮当作响的音韵所构成的内在律动感，对于统治了十年的"帮诗风"，不能不是一种具有叛逆性质的挑战。

在社会主义现代化的旗帜下，中国向世界敞开了门，窒息的空气得到了流通，人们的眼界和胸襟为之开阔。这不能不促使新诗考虑从情感、形象、语言以及节奏上，作一番变革。

诚然，在某些青年的思潮中，不免夹杂着空虚、颓废以及过多的感伤情绪，但这并不是事情的全部，而且也并非不可理解。顾城把他"文革"时期的作品称为"近代化石"。化石是曾经存在的生命。从它的线条和图案上，人们确可辨认出那丑恶时代的鞭痕与弹孔，以及天空中黑云凝成的斑点。难道能够仅仅因为调子的低沉，而去扯断诗人悲怆的琴弦吗？这样的蠢事不能再重复。

需要强调的是，作为这股激流的主潮，是希望和进取（尽管夹杂着泪水与叹息），而不是别的。梁小斌的《中国，我的钥匙丢了》，是一首可以列入新中国成立以来新诗最佳作品行列的诗篇。它的确有着浓重的失落的怅惘与悲哀，但它仍然呼唤太阳的光芒，它顽强地"寻找"，并且"思考"那"丢失了的一切"。他们摒弃那种廉价的空话，而以切实的语言触及血淋淋的生活：

我是痛苦。

我听到草根被切割时发出呻吟

我的心随着黑色的波涛

翻滚、颤栗

——杨炼《耕》

但他们不曾为痛苦所吞噬，而是顽强地耕耘着："我迫使所有荒原、贫穷和绝望远离大地。"读这样的诗,有一种凝重的质感,一种内在的力的搏动;谈不上豪放,却有一股传达了时代气息的悲凉。

青年是敏感的。他们较早地觉察到封建主义的阴魂正附着在社会主义的肌体上,他们最先反叛现代迷信。他们要弥补与恢复人与人间的正常关系,召唤人的价值的复归;他们呼吁人的自尊与自爱,他们鄙薄野蛮与愚昧。他们追求美,当生活中缺少这种美时,他们走向自然或躲进内心,而不愿同流合污。他们力图恢复自我在诗中的地位。作为对于诗中个性之毁灭的批判,他们追求人性的自由的表现,他们不想掩饰对于生活的无所羁绊的和谐的渴望:

湖边,这样大的风,
也许,我不该穿裙子来,
风,怎么总把它掀动。

假如,没有那些游人,
啊,我会多自由啊,
头发、衣裙都任凭那风。

——王小妮《假日　湖畔　随想》

这样的诗,的确没有多重的意义,但它却有价值。它揭示了"人"的存在,而这种"人",曾经是被取消了的。

这并不意味着他们都沉溺于自我,他们的诗篇并没有忘却时代和人民。他们说,"我的诗的主人公是人民"(江河),"我欢呼生活中每一株顶开石头的浅绿色的幼芽"(高伐林)。他们有带着血痕的乐观，他们中不少人意识到了历史赋予的使命感。他们对着自己的长辈发出了要求信赖的呼吁——"快把最重的担子给我吧"，而且他们渴望着超越自己的长辈。他们没有一味地追求那种病态的华靡与轻柔，他们说："我要横向地走向每个人的心中……我要寻找那种雄壮、达观、奔放的美。"（徐敬亚）

个性回到了诗中。我们从各自不同的声音中，听到了整整一代人，甚至几代人对于往昔的感叹，以及对于未来的召唤。他们真诚的、充满血泪的声音，使我们感到这是真实的人们真实的歌唱。诗歌已经告别了虚伪。舒婷的《母亲》便是充满人性的颤音：

啊，母亲，

我的甜柔深谧的怀念，

不是激流，不是瀑布，

是花木掩映中唱不出歌声的古井。

一切听凭挚情的驱使，没有矫作的"刚健"。要是内心没有激流和瀑布，它不装假，而且坦率地承认是"唱不出歌声的古井"（尽管深知这可能会受到责难）。这首弥漫着哀愁的诗引人沉思，这一代生活在新社会的人，为什么会有这样委曲饮恨、欲言又止的复杂心情？我们听到过对于这些诗人"太个人化了"的指责。滴水可以聚成大渊，无数的"个人化"集合起来，可以构成当代生活的喧闹。这种"个人化"当然是对于极"左"的反"个人化"的报复，是矫枉过正的产物。当然，舒婷不全写这些，她的若干已为公众知晓的诗篇，有着更为积极的主题。

较之思想内容方面给人以警醒与震动，恐怕艺术上带来的冲击尤为强烈。这些青年，他们有过艺术营养贫瘠的童年。今天他们是幸运的：他们终于有条件不担惊受怕地吮吸丰富多样的诗营养。他们终于以不拘一格的新奇的艺术结晶体让人目眩：对于瞬间感受的捕捉，对于潜意识的微妙处的表达，对于通感的广泛运用，不加装饰的情感的大胆表现，奇幻的联想，出人意想的形象，诡异的语言，跨度很大的跳跃，以及无拘无束的自由的节律……在艺术上，他们正在摆脱一切羁绊而自由地发展。

有人笼统地把当前新诗斥之为"朦胧""晦涩"，因而令他"看不懂"，情况不全是如此。某种欣赏和批评的惰性，在彻底摆脱了那种生硬搴写事物的诗篇面前，表现得尤为突出。过分"恋旧"的批评家，易于产生偏见。有的诗，并不晦涩，也不朦胧。像舒婷《中秋夜》中的句子："不知有'花朝月夕'，只因年来风雨见多。当激情招来十级风暴，心，不知在哪里停泊。""人在月光里容易梦游，渴望得到也懂得温柔。要使血不这样奔流，凭二十四岁的骄傲显然不够。"它的沉郁丰富的意绪，蕴藏在有点飘拂无定的形象之中，只有反复咀嚼，才能寻出那介于显露与隐藏之中的美的效果。这样的诗，当然比"东风浩荡""红旗飘扬"要"难懂"得多。我们不同意青年人沉溺于"哀愁""绝望"之中，我们也不主张艺术上追求"不可知"的晦涩，但我们希望在艺术上讲点宽容、讲点仁慈，我们更不赞成以偏执代替批评的原则，从而对青年人的作品施以贬抑。

潘多拉的盒子里装的不全是灾害，也深藏着对人类说来是最美好的东西——希望。只是盒子放出了灾害之后便被关闭了。当今的使命，是敢于向"万神之父"宙斯的神圣戒令挑战，释放出那深藏盒底的"希望"来。青年人的冲激，带给了我们并不渺茫的希望。中国新诗确曾有过诸种艺术流派"共存共荣"的自由竞争的局面，只是后来消失了。当前涌现的新诗，也未曾形成流派。青年人的创作，并不全是"朦胧派"，他们是多样化的。诗刊的《青春诗会》就为我们展现了中国青年诗作丰富繁丽的缩影。不可否认，当前的这股潮流，的确蕴含着形成诸种艺术流派的契机——要是我们采取明智而积极的方针的话。

的确，青年人的状况并不全然让人满意。某些青年人表现了蔑视传统的偏激心理。我们对此务须分析：有的属于偏激，有的不是。某些青年的"偏激"，是对于企图引导新诗向旧诗投降的反抗。中国有灿烂的古文化，但中国由于民族之古老与传统之丰富，较之世界其他民族，我们有无可比拟的因袭的重负。我们的民族意识中，本能地有着某种拒绝外物的心理。新诗也是如此：一切外界有的，我们的祖宗都有了，连"现代派"的东西，在我们的祖宗李贺、李商隐那里也有，如此等等。长期的封建帝国统辖下的小农经济自给自足的心理，在文化和诗歌上也有充分的表露。新诗不能倒退。青年人担心并且敏感地觉察到新诗在某个时期的倒退。他们对于"国粹"与"古董"之怀有并非无可诟病的警惕，与其说是历史的虚无主义的表现（他们当中某些人有此倾向），不如说是对于中国封建"遗传"的警觉与批判。

经过了长时期梦魇般的挫折，新诗正在顶破那令它窒息的重压。它在寻求更为合理的发展。新诗的道路不应只有一条，新诗也不能只在古典诗歌与民歌的"基础"上求发展。它应当吸收多种营养。它应当拥有多种的"血型"（冯牧同志语）。新诗应当改变长期以来的"贫血"的状况。世界在敲打中国的门窗，在新诗的发展中，继续实行那种闭关锁国的政策，看来已经不行了。

失去了平静以后，希望在缓慢地，但又是富有生气地生长着。我们已经跨出了地狱之门，我们听到了但丁的歌唱："我们并不休息，我们一步一步向上走……直走到我从一个圆洞口望见了天上美丽的东西；我们就从那里出去，再看见那灿烂的群星。"（《神曲·地狱篇》）

真的，群星已在前面闪耀。

此文初刊于 1980 年 12 月 10 日《诗刊》1980 年 12 月号，初收《共和国的星光》，又收《谢冕论诗歌》。据《诗刊》编入。

让"自我"回到诗中来

——对于当代诗歌的探索之一

诗要吟咏性情,这是公认的。进步的诗歌,当然并不满足于此;它要求诗人跳出个人的圈子,拥抱广大的民众,为更多的人歌唱,于是有了炸弹、旗帜、战鼓之类的比喻。诗歌不再单纯歌唱一己的哀乐,它的琴弦为人民的命运而颤动,这当然是伟大的革进。

但进步的诗歌要求超越个人,却不等于要在诗中驱逐自我——任何事情都不好推向极端。不论是儿女情爱的吟哦,也不论是天下兴亡的嗟叹,主要是写情的诗歌,很难全然抛开诗人自我抒情的形象。事实却是这样:那些袒露了诗人的内心世界,显示了诗人的独特个性的诗作,它对于自历史到现实的重大事件的抒唱,往往是有力的,感人的,因而也是成功的。

杜甫的诗作被称为诗史,因为它真实地再现了他所生活的时代的忧患与动荡。但杜甫一般并不赤裸裸地单纯地演绎政事,他的那些最有价值的,也是最动人的诗篇,其所以动人,也往往在于他能够通过切身的经历遭遇,来抒写他对时代政治的认识及评价。我们在他那些具有诗史价值的诗篇中,往往可以遇见这位饱经风霜、不免有些狼狈潦倒的诗人自己。杜甫没有在表现很有政治性的重大题材的诗中驱逐自我——尽管他的伟大在于他不是只为个人忧患喋喋不休的人。当然,再现了血淋淋的现实生活痛苦画面的"三吏""三别"，是一种写法。那背后，依然有着诗人情感的动荡，甚至或隐或显地感受到诗人身影的移晃，但诗人自己并没有直接成为主人公，他只是"记者"。而有的表现历史宏伟场景的诗篇，如《北征》，就不一样了。他通过自身的行止，来显示动乱生活的场面：

> 瘦妻面复光，痴女头自栉。
> 学母无不为，晓妆随手抹。
> 移时施朱铅，狼藉画眉阔。
> 生还对童稚，似欲忘饥渴。
> 问事竞挽须，谁能即嗔喝？

在这个久经离乱的残破家庭里，它的一个主要成员突然地归来，感慨唏嘘之中，一片莫可名状的慌乱惊喜之情，跃然行间。这情景，让我们从家庭生活的一角想起那时代的全景，想起那动乱，那离散，那战场的血泪，那历史的悲欢。

和杜甫一样，裴多菲也写过许多时代号角般的热烈诗篇，但他也不排斥在很有意义的诗中写进自己。而且，他似乎致力于这种浓厚的个人色彩与诗的时代性的结合。一八四〇年，他写过一首《我父亲的和我的职业》。这是他对于诗人崇高使命的讴歌，但却使我们窥及纯粹属于裴多菲的个人色彩：

> 你总是吩咐我，亲爱的父亲，
> 要我追随你，要我继承

你的职业，作一个屠户……
可是你的儿子却做了文人。

你用你的家伙击牛，
我用我的笔和人斗争——
我们做的是同样的事，
不同的只是那名称。

    这告诉我们，虽然诗的表现时代，途径不一，但是，那些通过诗人所特有的生活感受以再现时代的诗笔，是易于拨动读者心弦的。这道理很明显，诗是抒情的，情萌发于人心，把自己包裹起来，隐藏起来，甚至完全消失了自我的诗篇，它便失去了动人以情的基本条件。

    艺术的典型化规律，同样制约着诗。诗歌的典型形象，当然也是诗人对于客观世界的再创造，而这种再创造的诗歌，很大程度上，是掺入了诗人对于自我形象的再创造的。也许可以这样认为：不论诗人在诗中表现什么，他总不能不表现自己。在诗中，特别在抒情诗中，抒情主人公往往既是诗人自己，又不全是诗人自己，"既是"，已如前述；"不全是"，则是由于诗歌毕竟要典型化，要求有典型概括的力量，在进步诗歌，还要求代表人民发言。因此，它责无旁贷地要求表现"大我"或"我们"。需要强调的是，这种表现"大我"和"我们"的努力，一般要通过"小我"，即充分个性化的"我"来体现，这就是文艺的典型化规律在诗中的特殊体现。

    我国革命取得全国胜利以后，诗歌也完全开始了一个新时期，它的划时代的意义与成绩是毋庸置疑的。但是，当我们今天回首总结这三十年的经验，不能不惊异地发现：那种"五四"时期随着个性解放一起来到诗中的鲜明的、各有特色的自我形象，几乎完全消失了。我们看不到《炉中煤》那样喊着"我为我心爱的人儿，燃到了这般模样"的"我"；我们也看不到《发现》中那样"迸着血泪"喊着"这不是我的中华，不对，不对"的"我"；更不用说，像那些邂逅于秀丽的"湖畔"的诗人们，那种对于爱情的低呼轻唤了。在这么长的时间中，我们遇到的绝大部分叫作"我"的抒情主人公，是从外貌到内心都完全一律的，毫无个人特色的"平均数"。

诗人们当然不肯受拘于此，他们尝试着来一些突破。五十年代，当郭小川在诗中以"我"的名义向"青年公民们"发出召唤的时候，许多人都吃了一惊！于是，"口气太大""突出个人"的指责随之而来。也是五十年代，当贺敬之在党的颂歌中插进一段"我"的经历的抒唱的时候，不少人（包括笔者在内）沉不住气，对此提出异议。而事实却是：这时的"我"已经在"熔杯"之中经过"提炼"了的、失去了"杂质"的"我"了！连这样的"我"，我们也不能容忍，怎能期望那些谈谈自己的苦闷与欢乐，谈谈关于自己爱情与友谊之类的诗篇？

我们很习惯于那无数消隐了诗人的真心的、而仅只满足于板着面孔说教的诗篇，却不能允许哪怕只有一首那种带有明显的局限的，然而却是真实的活生生的、血肉丰满的诗人自我形象的诗篇。我们怀着偏见欢迎"纯"，同样怀着偏见排斥"杂质"；我们满足于吊在高空的"崇高"，却无视行走在地面的真实的灵魂。以爱情的歌唱为例，这几乎是触动历史上许许多多天才诗人的灵感的命题。为此，那些世界诗史的天宇中，最明亮的星辰们：雪莱、拜伦、海涅、普希金……都写出了大量的杰作。在我国，情况也如此，郭沫若的《瓶》，闻一多的《红烛》，都可以和他们最好的诗篇相提并论。事实的真相只要进行对比即可判明。新中国成立三十年来，闻捷几乎是唯一的写了大量爱情诗的诗人，有趣的是，其中竟然没有一篇是写诗人自己的爱情的。难道新中国的诗人们都不曾有过自己的爱情的欢乐与苦闷、追求与失落，难道他们的心弦不曾为此激动？我们竟然连吞吞吐吐的、羞羞答答的爱情诗都没有！这当然不能责怪于诗人的无情或寡情。问题在于我们的理论界长期以来对于文艺的政治作用、社会价值、作品题材等持有一种极其狭隘、片面的指导方针。

新中国成立之初，我们的诗歌理论总在提倡抒情主人公必须是摆脱了"小我"的"大我"，提倡以"我"的面目出现，而实质上，是消失了自我的一种并不存在的"纯粹之人"或"完人"。的确，诗人的情操必须高尚，诗人所宣扬的东西必须美好。但是，真实的诗人所写的真实的诗，却不可能是完美无缺的。生活中既然没有完人，而诗人把自己装扮成完人，总难免有着虚假的成分。应当承认，一个并不"纯粹"而有着"杂质"的诗人，仅仅因为说出了真话，也比那些"绝对正确"而说着言不由衷的话的诗人，其形象要高尚得多。

诗歌的生命力，并不由不着边际的豪言壮语构成，也不由诗人自我形象的"高大完美"决定。抒情主人公的形象应当是真善美的统一，而首先必须真。凡是好诗，无不以真动人。陈毅的《六十三岁生日述怀》，讲自己"一喜有错误，痛改便光明"，甚至不讳言自己的过失："有时难忍耐，猝然发雷霆。继思不大妥，道歉亲上门。"
他袒露胸怀，不隐瞒缺点，让我们在他的爽直坦白的形象面前，感
受到他那伟大的真诚。郭小川在《自己的志愿》中讲的也是自己的
缺点："一个微小的成功之后，有时在梦里，都沉醉于自我欣赏的酒
筵；当犯了一些过失，曾经找尽了理由洗清自己，而向党抱怨。"他
也是一个真诚而不虚伪的诗人，同样在诗中闪烁着他的性格光辉。
后来，他终因在《望星空》中讲了自己真实的思考而遭到批判，这
在今天，已被认为是极大的不公。但当时郭小川并不因而改了初衷，
他继续以赤子之心无畏地袒露自己的内心。他在充满战斗信念的《秋
歌》中，仍然没有忘了检讨自己曾有过"迷乱的时刻"和"灰心的
日子"，而这，恰恰完成了他作为一名真诚的战士的全部光辉。在诗
歌史上，凡是这样的诗，它留给人们的印象是持久的。我们总不能
忘记何其芳那发自内心的、诚挚的，但又鲜明地表现了思想局限的
诗句：

　　我是如此快活地爱好我自己，

　　而又如此痛苦地想突破我自己，

　　提高我自己！

——《夜歌》（一），1940

　　这句诗活活托出了一个刚刚走向光明，开始了新生活，充满了
自我欣赏，而又开始觉醒的知识分子的形象。这样真实而有缺点的
形象，当然比那些没有缺点而不真实的形象要有力得多。
　　诗歌从内容到形式都要美，首先是内容要美。而我们认为，表

现了哪怕带有明显的缺点的自我形象，恰恰是一种美；而隐瞒或回避诗人自己的匮乏与缺陷，把自己装扮为完人的，恰恰是一种丑。一个即使是站在时代前列的伟大诗人，他有献给时代的鼓点与号音，同时也会有属于生活另一侧面的短笛或小提琴。当郭沫若立在太平洋边放号，为旧时代唱着葬歌而热烈欢呼"新鲜的太阳"时，他仍然未能忘怀于他的"梅花"之恋。隔《女神》之诞生不久，他在一个短时间内一口气写了四十二首情诗《瓶》。郁达夫建议予以公开发表，并作《附记》阐明公开发表的理由：

　　我想诗人的社会化也不要紧，不一定要在诗里有手枪、炸弹，连写几百个"革命""革命"的字样，才能配得上称真正的革命诗。把你真正的感情，无掩饰地吐露出来，把你的同火山似的热情喷发出来，使读你的诗的人，也一样的可以和你悲啼喜笑，才是诗人的天职。革命事业的勃发，也贵在有这一点热情。……南欧的丹农雪奥，作纯粹抒情诗时，是象牙塔里的梦者，挺身入世，可以作飞艇上的战士。中古有一位但丁，逐放在外，不妨对故国的专制，施以热烈的攻击，然而作抒情诗时，正应该望理想中的皮阿曲利斯而遥拜。

　　郁达夫的看法是正确的。世界万物，社会生活的复杂多样性，同样无例外地体现在诗人和他的诗中。不应该把社会与个人、重大题材与个人生活的某些侧面、歌唱人民的斗争与塑造自我形象对立起来。我们召唤"自我"回到诗中来，与诗要为人民服务、为社会主义服务这一方向绝不矛盾。我们的目的，是为了恢复诗反映生活的特性，只是为了促进诗歌在个性与共性统一的典型化道路上健康发展，只是为了强化诗歌创作中的个性特征，只是为了使诗歌更多样，更丰富，更有特色。

此文初刊于 1980 年 9 月 10 日《新疆文学》1980 年 9 月号，初收《共和国的星光》。据《新疆文学》编入。

新诗的希望

当前，在中国诗歌的发展中，成为重大论题的，是所谓"朦胧诗"的出现。我不同意"朦胧诗"的提法，因为它是偏见的产物。它是对于试图突破三十年来所已形成的诗传统之努力的并不科学的概括。而这种努力的基本力量，是由在动乱年代中成长起来的一代青年构成的。因此，我认为，当前对于"朦胧诗"的争执，其实质乃是对于青年诗作的总的估计与评价。争论的焦点并不在"朦胧"或不朦胧，问题远不那么简单，以为是什么看不懂或看得懂的问题。其实，大量的诗是容易懂的。全然不懂的、真正晦涩的，只是极少数。极少数的晦涩，也不至于造成新诗的危机或覆亡，何必为此大动肝火？可见，当前的争论并不在那些极少数的诗上，而在大量的并不是"读不懂"的诗上。而这种大量的并不是"读不懂"的诗，却被不加区别地加上了"朦胧诗"或"古怪诗"的谥号，所以说，这是偏见。

既然大量的诗是可以懂的和容易懂的，为什么要反对呢？这就是分歧的真正所在。因为这些可以懂的所谓"朦胧诗"是以反传统的挑战姿态出现的，它们不论在思想上，或在艺术上较之存在了三十年的诗歌，都试图作出新的突破（这些突破需要专文进行研究，此处不及细论），因此，引起人们的关注乃至焦虑是必然的。

无论何种艺术，也不论哪个时代的艺术，如要革新，必然触犯传统，因而也必然激起传统的反击，这是规律。当前新诗，面临着的正是这种情况。当然，革新并不意味着否定和抛弃传统——传统是否定不了，也抛弃不得的，当前青年的诗作中，仍然流淌着传统的血液，这是事实。但显然，传统有待于更新和扩展，死守传统，必然导致停滞和窒息，这正是当前围绕青年诗作所引起的一番大论战的核心。

对于新诗三十年的成就和缺点——亦即三十年来的新诗传统，应作重新的估价。三十年来，我们的几代诗人，以不同的声音，讴歌新中国，颂赞新生活，作出了重大的贡献。但我们的诗歌在反映时代、抒写情怀方面，存在不容忽视的问题，内容的虚伪，题材的狭窄，风格的单调，艺术的平庸，这些痼弊是普遍存在的。对这些痼弊进行革新，则是新诗希望之所在，为什么要对此惴惴不安？

青年人的"反传统"，的确表现了某种不无偏颇的情绪。但试想当年的鲁迅，对于"古董"和"国粹"的批判是何等的激愤，可见，这些并非不正常的。"反"传统并不是全盘否定传统，它只是要求扬弃新诗发展中成为梗阻的因素。它并不意味着，也不应当意味着否定一切。甚至可以说，它所争取的，只是对于新的尝试与探讨的承认，而这种承认是艰难的。

三十年来的新诗，道路在走向窄狭。我的这一论点，曾经遭到非难，但我仍然坚持，因为这是符合事实的。近年来的新诗，正在打破窄狭而趋向于宽广，它让人们看到了希望的光芒。所谓"朦胧诗"和"古怪诗"的出现，正是这种希望的一个表现。因为新诗中冲进了这些陌生的、"朦胧"的乃至"古怪"的因素，它打破了新诗的平静。

新诗的道路应当越走越宽广。新诗应当欢迎带来了不平静的新探索的成果。我赞成冯牧同志的意见，"新诗应当是多血型的"。多血型是对于单一血型的反动。而过去，我们总是习惯于单一和统一。长期以来，我们喜欢提花样繁多的口号，这些口号的目的，多半在于使艺术和诗规范化。在诗歌领域，规定发展的"基础"和"道路"，规定创作方法，当然，还有一个更大的口号，就是"为政治服务"，这些，客观上都在驱使诗走向"统一"。在艺术和诗歌中推行单一和统一，是愚蠢而不是明智的方针。

诗的"统一"化和规格化是诗歌走向窄狭的一个极其重要的原因。当前新诗之所以不存在危机而存在希望，就在于对于这种统一规范的打破。目前，已经没有任何一个权威可规范新诗了。新诗从内容到形式的探索正在冲破一切人为的禁锢。已经出现了艺术个性迥异的各色各样的诗，我们业已熟悉的老、中青年诗人正在进行着新的创造，更为年青的一代诗人正在涌现。一年多来，有影响的刊物陆续发表了他们的作品，而他们更多的诗作则发表在非正式的诗刊上。值得称道的是《诗刊》，它为青年诗人举办了读书班，组织他们参观、座谈，最后又以"青春诗会"的形式公布了他们的成绩。"青春诗会"是当前青年诗歌的缩影，它是多样化和广阔的。它展示了当代诗歌冲破思想和艺术禁锢之后的丰富多彩。

目前，不仅诗歌，而是在整个文艺领域，多元化的格局正在涌起或正在形成，这是令人鼓舞的迹象。诗歌要多元化，不要一元化，一元化只会把新诗引向绝路。我反对过去的一元化，也反对现在的一元化。有人把我描写成只推崇"古怪诗"的"古怪理论家"，这绝不是我本来的用意和形象，我不反对已有的一切形式的诗，我认为这一切无疑应当存在，并得到合乎情理的发展，但我反对对"古怪""朦胧"乃至真正有些晦涩的诗歌的歧视。共存共荣，自由竞争，鼓励一切探索，也允许探索的失败；在目前，特别要鼓励冲破禁锢的探索，这就是我鼓吹的目的。

昆明是诗坛前辈闻一多先生战斗并洒尽热血的地方。闻先生一生的实践是丰富多彩的。闻先生曾经为新诗的战斗而呼吁，今天，新诗仍然要记住自己的战斗使命，应当无愧于诞生它的时代，它应喊出时代的声音。但这声音应当是真实的，同时也应当不是单一的，可以呼喊，可以沉思，也可以有哀愁，也不妨叹息——让人民从这一切之中感受到历史命运和前途。闻先生诗主张的最主要特点是随时代而前进，以及艺术上的探索与更新。闻先生不是一个狭隘的诗人。来到昆明，我愿以闻先生的名字与诗友共勉。

此文初刊于 1980 年 12 月 4 日《云南日报》，初收《论诗》。据《云南日报》编入。

道路应当越走越宽

——对于当代诗歌的探索之一

在当代文学艺术中，诗所承受的灾难最为深重。三十年来，没有一个文学品种，比诗更容易也更经常地沦为层出不穷的、各式各样的"政治运动"及"中心任务"的"工具"了。

从理论上讲，属于文艺的诗，可以是精神之武器（或称之为工具）的。但它可以是直接的"工具"，可以是间接的"工具"，也可以不充当"工具"，而只是"闲情"的寄托，甚或是休息，甚或是娱乐。诗可以也应当成为炸弹或军号，而且属于此类的诗而艺术精湛的，往往具有重大之价值，但也不能排斥吟花草，弄风月。当它"喜柔条于芳春，悲落叶于劲秋"的时候，我们仍然要承认，它是在履行诗的某一部分职责。但是"工具"说却把诗引向了这样的局面：题材重大的，意义必定同样重大；喊出了豪言壮语的，必定比其他的更具革命性；一般化的"大我"，排斥着具有鲜明个性的诗人的"小我"……久之，诗由广阔无垠的题材天地，由可供自由驰骋的艺术表现空间，也由纷纭繁复的艺术风格、流派、创作方法的国土上退却下来，而只能在单调的为"政治"服务的胡同中踌躇。

在一切都变态的动乱十年中，诗走向了极端。大多数诗变成了由标语口号所装扮的连篇空话，它只是空壳，内里装的多半也只是矫情。"节日诗""中心诗""欢呼诗"，以及连篇累牍的带有浓厚宗教色彩的诗，已经把诗引向了歧路。

无情不成诗歌。政治任务的需要（可能这种需要是正当的），距离真正的诗的冲动，还有漫长的间隔。诗有自己的规律，政治运动的或中心任务的规律是无法替代的。作为艺术的诗，绝不是其他意识形态的附庸，即使是政治，诗也不是它的附庸。当前，我们提文艺为人民服务、为社会主义服务，服务是积极而能动的，也不意味着附庸，它不能以取消诗的自身特性为代价。

"文革"十年，或者把时间再往前推，我们在这一属于诗（也属于文艺）的命运上，教训是深重的。对于诗的功能窄狭的理解，抑制了已经成名的一批卓越诗人的艺术生命，同样，也窒息了方兴未艾的一代有可能取得成功的诗人的艺术生命，使他们的才能只能在夹缝中扭曲地发展。

但灾难性的后果，并不能完全归咎于诗之沦为政治的简单号筒，甚至主要的不能归咎于它。诗的走向窄狭，还有更为直接的原因。长久以来，我们不断花样翻新地提各式各样的口号。在文艺领域中，受"口号"的影响最深的，恐怕也还是诗。除了一般的、共用的口号，诗还有若干专用的口号。片面强调古典诗歌和民歌的基础，即是其中的一个。

"新诗发展基础"一说的提出，在文学运动中，是一个罕见的例外。我们不曾规定小说必须在古典小说和民间话本的基础上发展，也不曾规定话剧必须在元明杂剧和"小放牛"的基础上发展，唯独给诗歌作了这样的规定。这是令人不解的。姑不论，把文学本身的现象当作发展的基础是否科学，我们单就古典诗歌与新诗的关系进行一番考察，也不难判别这个口号即使是可以理解的，但也是偏颇的。

众所周知，中国新诗在"五四"的兴起，最具离叛的性质。它是对于古典诗歌批判的产物，是对于僵死的旧诗词的否定。事情过了几十年，怎么又回过头去，把当年的革命对象当成了安身立命的"基础"呢？

诚然，"五四"当年血气方刚的青年，对于中国古典诗词缺乏分析，采取一概打倒的办法是片面的。但他们进攻的方向明确，批判的锐气也可贵。有人说，中国新诗的草创时期就已在古典诗歌和民歌的基础上发展了，他们举出胡适和刘大白等人的诗为例。事实恰恰作了相反的说明：对那种半文半白的"新诗"，连胡适自己也承认那是"放大了的脚"的，正是难以摆脱旧诗词影响的不成功的例证。新诗的着眼点是"新"，带着旧的痕迹的，正是新诗未曾脱尽旧诗窠臼的惰性的表现，怎么能把它看成是正常的呢？

现在，我们克服了"五四"当年的片面性，使新诗和古典诗歌的血脉贯通起来，批判地继承灿烂的中国古典诗歌和民歌的优秀传统，以滋养新诗的繁荣，这是恰当的。但是，把它作为基础，而且堂而皇之地排斥了新诗孕育期受到的外国优秀诗歌的影响，乃至于断然驱逐"五四"新诗自身半个多世纪的发展所形成的传统于上述"基础"之外，这是何等的武断和不公！

我们不妨排除"基础"这个有争议的词，肯定新诗是可以并且应该借鉴古典诗歌和民歌而发展的，但即使这样，也不能把这作为所有新诗都应遵循的准则。这诚然是一条可行的道路，但新诗发展的道路不能只有这么一条。不能认为，除此以外的所有道路都走不得，也都走不通。一个"基础"，一条道路，它造成了新诗的单调与贫乏，因为它排除了从多种多样的渠道取得营养，从而获得多种多样的借鉴，它排除了多种艺术风格、艺术流派的形成与发展，也排除了多种创作方法的运用。对于今日中国新诗的"萧条",大家纷纷抱怨新华书店的征订手续,唯独不检讨新诗自身的问题,这说不过去。

"悟已往之不谏,知来者之可追。"我们反顾了历史的教训,得到了这样的认识:给诗的发展规定这样那样的"基础"(何况有的"基础"要打大大的问号),恐怕是不足取的,同样,给诗歌规定"创作方法"(例如有人主张新诗只能采用现实主义的创作方法),恐怕也是不足取的。政治上,给人民以民主自由;艺术上,给艺术家以民主自由。让诗人自己去选择道路吧!为了新诗的繁荣,为了新诗能更好地为人民服务,为社会主义服务,应该条条道路都亮起绿灯,让诗人自己去奔突驰驱。道路应当宽广,道路也应当多样。允许有通天的大道,也允许有通幽之曲径。允许诗人做各种各样的试验,同时也允许试验的失败。失败了,改弦更张,再试验新的。也许在艺术上,艺术家往往是固执的,不容易讲宽容。但我们却要主张互相宽容,可以竞争,但不要排他。

正是在这个认识的基础上,我以为当前诗坛出现的气象是好的,它打破了旧日的平静。人们难免为此议论纷纷,有人看不惯,跺脚,叹气,但事情还是发生了。一种事物的兴起,难免夹杂着泥沙,于是又有人指责,谥之为"沉渣泛起"。我不这么认为,我看到了他们当中的热气与锐力。我以为新诗正在经历着巨大的变革,新诗正在崛起,这是一场认真的挑战。对待这一现象,办法只有一个:支持它们的自由竞赛。

此文初刊于 1981 年 2 月《海韵》第 3 集,初收《共和国的星光》。据《海韵》编入。

中国新时期诗歌变革的潮流

新诗潮发展到现在已经有几年了，这几年是我对新的诗歌现象不断理解的过程。我觉得新的时代出现了很多新的现象，包括诗歌现象。因为是新的，是我们所不习惯的，所以就需要了解它。现在常讲代沟，就是不同年龄、不同层次的人不能够相互理解。有些人理解自己熟悉的东西，不理解自己所不熟悉的东西，像我这样的人，可以理解我的师辈，也可以理解我的同辈，我理解他们痛苦的追求，追求的痛苦，但对于我的晚一辈，我的学生就不能够很充分地理解。几年来，我也是在进行着一种很痛苦的接近与理解的过程。我觉得时间是最宽容的，最有耐心的，它给了我们很多机会。这几年，有的青年朋友说，谢冕也变得保守了。的确是，我也有很多事情不能理解，这是很痛苦的。因为我做的是教师工作，我接近的是不断更新的年轻人，如果不理解他们的思想、情感、追求，我将无以教人。我在研究中不断发现自己的不足，我愿意把一些情况介绍给大家。

开始，我是满心兴奋的，在反思的基础上，我看到了新的崛起；继而，我想宏观地了解一下中国诗歌从"五四"以来的发展过程；去年，我开始在研究生和进修生中就艺术流派和艺术群落问题进行一些具体考察。这也是我的薄弱环节。这项工作进行了以后，我觉得还不够，因为不断有我们不熟悉、不理解的新的诗歌出现。于是今年，我们进行更加微观的研究，十几个人在一起，一首一首地剖析。一首诗，在我们面前展开了一个陌生的世界。理解这个陌生的艺术世界是要花费功夫的。当然在这个过程中，有些问题我们与它有隔膜，甚至不能容忍它，不能和谐地共处，但我觉得这种互相接近、互相理解的精神无疑是很重要的。许多青年诗人的诗歌，都是这样一首一首地在我们的课堂上阅读、研讨。这样的工作非常需要。不同的艺术观念、不同的文化背景在这个新时代里互相冲撞、互相折磨，是很痛苦的。我们经受了这种痛苦，就会进入一个新的境界。

再一点是关于新诗潮的概念。这个概念是我比较早地在北大使用的，我不知道别的朋友是否同时使用或在这之前已经使用了。为什么要使用"新诗潮"这个概念？我觉得"新诗潮"是对"朦胧诗"及"古怪诗"概念的一种矫正。朦胧诗的概念不够准确，不够科学。新诗潮的含义，就是新时期诗歌变革的潮流。变革是对不变革的固化状态的诗歌现象而言，因此新诗潮是特定时代的产物。中国社会结束了长期的自我封闭，自我封锁，向着世界开放。外界很多新鲜的东西敲打着中国的窗户。我们正处在"五四"以来第二次非常巨大的中西文化交流的时代。在这样的时代里，我们的文学包括诗歌当然要求和世界取得共同的语言，要求我们的诗歌和世界诗歌取得同向的甚至是同步的发展。可以说开放的时代塑造了诗歌的新形象和新品质。变革的内涵，是从封闭性的文化性格向着现代倾向变革。我同意不用现代主义也不用现代派的概念，"现代倾向"更为恰当。我们还谈不上准确、严格的现代派和现代主义。我们同西方，背景不同，时代也不同，我们是从封闭的文化性格向着现代倾向的一种推进，或说逼近。因此新诗潮主要是针对一种旧有的艺术规范而发的向着现代倾向发展变革的一个诗歌潮流。在这样的含义下，无论诗人是什么年龄，什么风格，属于哪个艺术流派，只要具备了这种逼近和推进的性格，他就自然地加入了新诗潮。

变革又是什么含义？我觉得在广泛而严肃的历史的反思的基础上，变革必然带有很鲜明的批判性，它包含了对阻碍新诗发展的消极因素的否定。有一个趋向应该注意，新诗潮是力图摆脱农业小生产的文化形态，向着现代城市文明接近。现代人的思维方式，现代人对人的思考，无疑是新诗潮现代倾向中非常合理的因素。这样，新诗潮的广泛的包容性就是有条件的，不是无条件的。考虑新诗潮的时代性或时代感时，我们不可忽略一个重要因素，就是十年的社会动乱，以及为了结束这个动乱，人民群众采取的一个大的政治示威运动，即天安门诗歌运动。尽管这个诗运并没有提供诗歌艺术变革的更多的事实，但新诗潮是它的直接结果，因为它点燃了对以往的虚假诗歌的最早的叛逆情绪，而这恰恰是新诗潮的灵魂和核心。天安门运动改变了中国人民故步自封又自满自足的传统心态，这种心态也在我们的诗歌中表现出来。结束了这种心态，中华民族终于成为一个世界公民，我们在与世界的比较中感觉出自己的可悲的落后与可悲的愚昧，于是我们获得了一个非常广泛的视野，这就是全球视野，全球的文化观念。于是在新诗潮的观念中就理所当然地包含了加入世界诗歌的观念。

概括起来，新诗潮的内涵包括三点：一是时代性，二是现代倾向，三是开放体系。

1986 年 6 月 29 日在北京作协召开的新诗潮研讨会上的发言，于南口。

论中国新诗传统

一、它写着两个大字：创造

中国的诗传统，无可争辩的，是一条浩瀚的长河。上下三千年间，它滔滔流逝。其间纵有变革，总不曾离了旧日宽阔的，然而又是淤积的河床。只有到了本世纪初叶，它仿佛一匹惊马腾起了前蹄，在突兀而起的无形的巨坝之前，顿然失去了因循的轨迹——河流改道的历史性时刻来到了。

这是一个灿烂的时代：封建主义的漫漫长夜已经宣告结束。新时代召唤着新文学，新文学召唤着新诗。而新诗的建立，注定要有一个持久的痛苦挣扎的历程。这是因为：在中国旧文学中，旧诗词是发展最充分、最健全，因而也最稳固的品种；而作为新文学的新诗，它不仅天然地有着旧诗词这样强大的对立面，而客观的事实也是，较之白话为文，白话赋诗存在着更大的困难。朱自清说过："给诗找一种新语言，决非容易，况且旧势力也太大。"[①]当白话的散文终于战胜古文并站稳脚跟的时候，对于白话诗的怀疑乃至攻击依然是激烈的。

胡适是新诗最早的开拓者之一。他在提出"文学改良"的主张之后，几乎立即着手创立白话诗的试验。他一开始就朝着打破旧诗

---

① 朱自清：《中国新文学大系·诗集导言》。

词最顽固的语言形式桎梏的方向冲击。"若想有一种新内容和新精神，不能不先打破那些束缚精神的枷锁镣铐。"①他把这种努力概括为"诗体的大解放"。他认为，唯其有了诗体的解放，"丰富的材料，精密的观察，高深的理想，复杂的感情，方才能跑到诗里去"。②在历史的某一特定时期，文学形式严重阻碍了文学的发展，对于形式的革命必将大有作用于新内容之引进与包孕。对于胡适诗体解放的主张，一律判以"形式主义"，恐怕未见妥切。朱自清在总结新文学第一个十年的新诗运动时说过，"新诗运动从诗体解放下手"③，也肯定了这样的战略方向。

胡适为这一开创性的"尝试"，很经历了一番曲折。他有感于旧诗词对于中国社会、历史的深远而顽强的影响，有感于当日知识界对旧诗词普遍存在的恋旧情绪，他"认定一个主义"，"非做长短不一的白话诗不可"④，很表现了对于旧诗形式之整饬僵硬的愤懑。这当然是不尽适宜的矫枉过正，但即使是这样一种低限的目标，在旧诗词的森严壁垒面前，想要撞开一条通道，仍然困难重重。

当年的开拓者们的工作并不限于此，他们刻意于创立新诗。而新诗的创立，最重要的，乃是在诗中彻底扫荡旧诗词的痕迹，而即使这一点，也要付出沉重的代价。据胡适的叙述，当时试验白话诗的新诗人中，"除了会稽周氏弟兄之外，大都是从旧式诗词曲里脱胎出来"。胡适显然并不肯定这种放大了小脚式的"脱胎"，他重在创造。他自己的创作，也经历了这种不能摆脱旧日桎梏的苦恼。他认

---

① 胡适:《谈新诗》。
② 同上。
③ 朱自清:《中国新文学大系·诗集导言》。
④ 胡适:《尝试集·自序》。

为《尝试集》里就记载了他的诗作"从很接近旧诗的诗变到很自由的新诗"①的过程，这就是：由"实在不过是一些刷洗过的旧诗"，到有了某些变革但仍"脱不了词曲气味与声调"，再发展为有了较大突破的"自由变化的词调时期"，最后才过渡到"'新诗'的地位"的确立。当他终于写出了摆脱了旧诗桎梏的属于自己"久想做到"的自由诗，回头对照最初"尝试"的结晶，如"到如今，待双双登堂拜母，只剩得荒草孤坟，斜阳凄楚"那样的诗篇时，他不禁感喟："真如同隔世了。"②

　　新诗创始期就开始了与旧传统决裂的恶战。当然，当时的战略方向是诗体的解放，而诗体的解放之标志，乃是对于旧诗词的框架的彻底打破。在初期，由于新诗人们的艰苦奋斗，终于有了明显的战绩：自由体的白话诗已经诞生，而且地位得到了巩固——它和旧诗词划清了界限，不再留有用白话来写旧诗的痕迹，它失去了那种虽用了白话却仍然依附于旧诗的奴颜而卓然自立！

　　终于在旧诗词的沉重闸门之下涌出了一条新鲜的"小河"。周作人写于一九一九年的《小河》的出现，可以看作是新诗创始期奋斗之实绩的概括。这首完全独立于传统的旧诗词之外的崭新的诗，获得了胡适、朱自清等的充分肯定。一条微不足道的"小河"获得了自己的生命。活泼、流动、自然，代替了滞涩、僵硬和淤塞。也许它还只是浅底、细流，毕竟只是小河，但它将发展。新诗历史的第一页便是庄严的，它写着两个大字：创造。

　　创造是新诗创业期虽然未曾明确确认，但却实际存在的根本宗

---

① 胡适：《尝试集·再版自序》。
② 同上。

旨。它的目标是异常明确的，那便是对于中国数千年的诗传统的反叛。（半个世纪之后，有些人居然在理论上提出，并实践着实际上是向着旧诗词妥协的主张，而且美其称为"革命"，当年的创业者有知，该作如何想！）初期的白话诗的创立，当然只是长久的变革的一个序曲。这支序曲的历史性功绩在于证明：利用白话不仅可以为诗，而且可以为崭新的完全区别于旧诗的新诗。它实现了诗体大解放的宏伟目标。诗体解放的事业，始于胡适，而完成于严肃地实践着"文学为人生"主张的文学研究会诸诗人。

一九二一年以郭沫若为旗帜的创造社成立，当时称之为"异军特起"。中国新诗的天幕之上，顿时出现了明亮的星云。这时，涌现了一批立志于创造的诗的诗人。他们唱着创造之歌，从事于"开辟鸿荒"的伟业。他们宣称"他从他的自身，创造个光明的世界"，而且欣喜地望见"无明的浑沌，突然显出光来"（郭沫若《创业者》）。创造社的成员并不满足于新诗最初数年的开创性工作所已获得的成就，他们立志于从事新的创造。他们不再单纯着眼于诗的形式的创新，他们把目光投向"缺陷充满的人生"。

创造社的主要诗人，尽管不曾直接参加过以《新青年》为核心的文学革命运动（他们中不少人当时留学日本），也不曾与当日的文学革命启蒙者有过直接的师友关系，但他们承继并发扬了"五四"先驱者的创造精神。创造社兴起的时候，新诗已经成功地取代了旧诗。创造社诗人的使命已经不是对于旧诗的否定，而是对于新诗缔造者们开创性工作的总结与发展。诚如郭沫若所分析的，"前一期的陈、胡、刘、钱、周主要在向旧文学的进攻，这一期的郭、郁、成却主要在向新文学的建设，他们以'创造'为标语，便可以知道他

们的运动的精神。"（郭沫若《创造社的回顾》）

郭沫若自己的诗歌创作便是这种创造精神的典型体现。他的诗作一开始便超越了早期新诗人们的最高水准线：个性解放以及对底层人民的同情心。钱杏邨对郭沫若精神气质作了透辟的总结，认为在他的作品中，"确实表现了毫无间断的伟大的反抗的力。……一以贯之的反抗精神的表演"（《诗人郭沫若》）。闻一多则以高度的历史感评价郭沫若的出现，"郭沫若君底诗才配称新呢，不独艺术与旧诗词相去最远，最要紧的是他的精神完全是时代的精神——二十世纪底时代的精神。"（《〈女神〉之时代精神》）新诗发展到郭沫若，有一个创造性的突破。他几乎无视胡适等人所作的追求，也不墨守他们的战绩，而从思想上和艺术上把新诗推向一个崭新的境界。

一九二〇年当郭沫若把《凤凰涅槃》那首不仅在当日，而且在今天也仍然显得"古怪"的诗，从日本寄给《学灯》时，宗白华当即肯定了他的创造的成果。宗白华复函给他："你的诗意诗境偏于雄放直率方面，宜于做雄浑的大诗。所以我又盼望你多做像凤歌一类的大诗，这类新诗国内能者甚少，你将以此见长。"（《三叶集》）这时的郭沫若，确实是写着前所未有的"大诗"：

　　无数的白云在空中怒涌，

　　啊啊！好幅壮丽的北冰洋的情景哟！

　　无限的太平洋提起他全身的力量要把地球推倒。

　　啊啊！我眼前来了的滚滚的洪涛哟！

　　啊啊！不断的毁坏，不断的创造，不断的努力哟！

　　啊啊！力哟！力哟！

力的绘画，力的舞蹈，力的音乐，力的诗歌，力的律吕哟！

——《站在地球边上放号》

这里展现的，已不是小河的轻歌，而是大海汪洋的力的震荡与狂暴。这种力，表现为足以推倒地球的伟大气魄。一种不断摧毁旧的和不断创造新的、蔑视传统秩序的力的节律，给我们展示了时代的，还有诗歌的美好前景。它无疑是当时的时代强音，而且也是历久弥新的新诗。这种诗，是"五四"早期所不曾有过的。

六十年后重读《女神》，仍然惊惶于它那前无古人的创造精神。从《小河》到《站在地球边上放号》，新诗短暂的生涯，迈过了一个多么奇伟的变革！这种精神激励着后来的新诗探索者，不断地在前人的基础上去创造超越前人的新业绩，从而使新诗在它的长期发展中形成并不断生长着波澜起伏的创造的传统。

一九二八年创刊的《新月》，他们是一支新的探索与创造的生力军。从胡适开始，迄及"小诗运动"，包括写了《春水》与《繁星》的冰心，新诗的奋斗目标就是摆脱旧诗词羁绊的自由化。郭沫若虽有《地球，我的母亲！》一类形式较为整齐的诗篇，但其主要倾向也是走向内容和形式的无拘束的狂歌。新月的兴起，艺术上明确地提出为新诗"创格"的主张，这当然是对于前段自由化的一个大胆的和有力的反拨。闻一多完整地提出了节的匀称、句的均齐，以及诗的音乐美、绘画美、建筑美的主张。《死水》是这种主张的集中体现。尽管他们的思想达不到创造社诸诗人的高度，但他们在艺术上却雄心勃勃，要对前一时期诗歌发展的现实进行变革和创新。

对于新月诗人，一般人易于看到他们在新诗的律化方面的实绩，往往忽视了他们引进外国诗歌的经验并使之与中国的民族传统精神之融合方面所作出的贡献。闻一多习惯于把"霭霭的淡烟笼着的菊花，丝丝的疏雨洗着的菊花"以及"鸦背驮着夕阳"这些东方情调的形象，融入他那节奏新颖而整饬的、绝对区别于旧体诗词的新格律诗中来。朱湘的格律诗甚至讲究对仗与平仄的谐和。正因为他过于拘泥旧有的声律原则，因而尽管他的诗篇朗朗可诵，但却失之过于"精美"而少了点生气。徐志摩比闻、朱都放得开。他的诗有着浓烈的现代生活的色彩，但又不乏民族风情的诗之韵调。他的诗具有回环往复、一唱三叹的特点，他的复沓流动着优美的诗韵——

> 轻轻的我走了，
> 正如我轻轻的来；
> 我轻轻的招手，
> 作别西天的云彩。

这是《再别康桥》的开头。变换了几个字，变成了这首诗的结尾——

> 悄悄的我走了，
> 正如我悄悄的来；
> 我挥一挥衣袖，
> 不带走一片云彩。

徐志摩把这种荡气回肠的功夫用在表达感情的微妙曲折方面，

达到精湛的程度。到了这时，新诗不仅以其思想之吻合于时代潮流方面超越了旧诗，而且也以精妙的可供反复吟咏的诗艺与旧诗进行了明显的较量。徐志摩创造了以精美的语言，流畅的韵调抒写人的心灵之和谐曼妙的声音（有时则是充满哀怨悲愁的）。当然，他缺少的是郭沫若的气魄，但精致华美却胜过了郭沫若。这种各有短长，但却不断创造的竞技般的推进，形成了新诗创立以来的源源不绝的潮流。

这种勤于创造、勇于探索的精神，不仅造出了中国新诗史上六十余年绵延不绝的创造传统，而且浸透到具体诗人的创造活动中来。某些卓有成就的诗人，总是勇于创新，又勇于否定。他们的作品因而总是处在变革的状态之中。戴望舒以《雨巷》的问世而赢得了声誉，他并不因而停止了新的创造性的探求。据记述，"望舒自己不喜欢《雨巷》的原因很简单，就是他在写成《雨巷》的时候，已经开始对诗歌的他所谓'音乐的成分'勇敢地反叛了"（杜衡《望舒草序》）。杜衡指的就是戴望舒继《雨巷》之后写出的《我的记忆》对于前者那种"青鸟不传云中信，丁香空结雨中愁"的中国旧词韵味，以及那些"彷徨""惆怅""迷茫"的华美音响的扬弃。《我的记忆》造出了与《雨巷》截然不同的新诗——当时让人觉得有点"古怪"的新诗。

戴望舒被称为中国早期新诗取法象征派的代表人物之一。"他也注重整齐的音节，但不是铿锵的而是轻清的；也找一点朦胧的气氛，但让人可以看得懂；也有颜色，但不像冯乃超氏那样浓。他是要把捉那幽微的精妙的去处。"[1]朱自清的这些概括，主要是根据《我的记

---

① 朱自清：《中国新文学大系·诗集导言》。

忆》之后的创作倾向作出的。《雨巷》当然在诗史占有地位，但《雨巷》之后的《我的记忆》，乃至于身经离乱之后写出的《元日祝福》《狱中题壁》诸作，不仅体现了这位诗人思想渐趋于成熟练达，而且也体现了他在诗歌艺术上的不断求索、不断创新的进取精神。戴望舒的经验，融入并丰富了中国新诗的光荣的创造的传统的长流。

新中国成立之后的三十余年间，新诗虽历尽坎坷曲折，但中国新诗的创造女神并未停止创造。她的竖琴在新中国的艳阳之下，仍然颤动着美妙的音弦。五十年代中叶，贺敬之以前人所不曾有的形式，写出了气势恢宏、一泻千里的长篇抒情诗《放声歌唱》。他的具有民族传统风格的"楼梯诗"是一种新的创造，他的长篇政治抒情诗的体式，也是一种新的创造。贺敬之的创造性实践是新中国诗坛的一大盛事，它给新诗在新时代的发展带来了美好的信息。

郭小川在新中国成立后是以《投入火热的斗争》《向困难进军》等富有革命激情而又充满鼓动性的诗篇而赢得了普遍注意的诗人。他也写中国式的"楼梯诗"。较之他早期的作品如《草鞋》等，这种以重大的政治题材为内容，并以现场鼓动为预期效果的抒情诗，确是一种创新——这是一个获得了解放的人民在亢奋前进的时代的战歌。它理应得到历史的肯定。

但是富于创造性的诗人，并不以此为满足。他在为新中国成立十周年编选的《月下集》序言中，令人意想不到地发出了沉重的声音："在我写了一些那样的东西之后……有时真想放弃这个工作，去做自己还能够做的事情。实在的，我是越来越感到不满足了，写不下去了，非得探寻新的出路不可了。"（《权当序言》）这位诗人的形象简直就是一个永无止境，也永远不知疲倦的探求者。由于他的不自满，也由于他明确的创造的意识，使他能够成为当代诗歌史上最富于创造性的诗人之一。

正如戴望舒写出了蜚声一时的《雨巷》又立即扬弃了它一样，郭小川也是在他的《致青年公民》等诗引起巨大反响之时，说出了上面引到的那些话。由于这个勇敢的否定，他的创造闸门一旦开启就再也关不住了：《甘蔗林——青纱帐》式的极度铺陈排比的"现代赋体"；《林区三唱》式的由纯粹的短句构成的"现代散曲"；《将军三部曲》式的讲究意境以表现战争年代高级指挥员内心世界为对象的多部制抒情长诗；《雪与山谷》式的以明净的线索刻画人物心理活动为特点的抒情性的叙事长诗；直到《团泊洼的秋天》以高昂的乐观的奋斗精神宣告了这位诗人用毕生精力贡献于不断创造事业的终结。

新诗六十年间走过的路，每步都是对旧的否定，每步都是对新的追求。它每向前跨出一步，就把陈旧的因袭留在了身后。由于它的不懈怠的创造，使它离开延续了数千年的旧体诗词而获得了独立的生生不息的生命。整个的诗潮如此，影响所及，那些富有朝气的诗人也如此。"江山代有才人出，各领风骚五十年。"每一代的"才人"，当然都从他的前辈那里取得了发展的基础，但他们又各自独立地创造着。唯有敢于突破并决心超越前人的人，唯有能够独立创造的人，他才有可能在推进历史发展的事业中留下名字。

传统诚然值得珍惜和骄傲，中国诗歌的传统尤其如此。我们每一代诗人的笔下都流淌着民族诗歌传统的乳液。传统诚然神圣，但又非不可变易。所谓的"反传统"，并不可能真把传统反掉。若是为了排除传统的骨骼中日益增多的石灰质，并且寻求输入新鲜的因素，即使叫作"反传统"，并不应当为之反感。

传统的保持与发展有赖于创造。不断地创造，就是不断地革新。艾略特说的"新奇的东西总比反复出现的好"，一种习惯的势力总是条件反射式地把"新奇"（或他们称之为的"古怪"）的东西，看作是异端，看作是与传统（他们认为的传统总是凝固的化石）对立的东西。他们总是怀着神经质的警惕乃至敌视的心理，"关注"着这些闯入者。"五四"前的那批声称"拼我残年极力卫道"的人，就是当年的"传统"派。在他们眼里，陈独秀、李大钊、鲁迅当然是一些"数典忘祖"的妖魔。新诗的历史早已对此作了结论。今天那些口口声声高喊维护传统，而对着一批青年的新探索叹气、摇头、跺脚的人，他们难道不应当从历史的发展进程获得某些知识？

在论及传统时，钱钟书讲过一段很通达也很冷静的话。它对于我们今天的新诗讨论将有助益：

> 一时期的风气经过长时期而能保持，没有根本的变动，即就是传统。传统有惰性，不肯变，而事物的演化又使它不得不以变应变，于是产生了一个相反相成的现象。传统不肯变，因此惰性形成习惯，习惯升为规律，把常然作为当然和必然。传统不得不变，因此规律、习惯不断相机破例，实际上作出种种妥协，来迁就事物的演变。
>
> ——《中国诗和中国画》

现在的现实是：一部分人看到了传统的惰性，更多一些人看不到或是自觉地维护这种惰性。而改变了闭关锁国与世隔绝之后的形势，使这种惰性迎受到巨大的清新空气的压力，它凝滞着，不愿流动，但又不得不有所妥协。当前的形势：貌似强大的"讨伐"是众多的，而悄悄的，但又是缓缓的让步却也在进行。把常然当成必然乃至永恒的情况，当然不会长久维持下去。对于新诗在新时代的新突破和新创造的呼声，已经起于四野，我们对它在未来的发展怀有信心。

二、多样而丰富的艺术探求

对于中国新诗六十年的发展，我们可以不预期它有震惊世人的奇迹。但我们真诚地期望沿着本世纪初叶那一番"河流改道"的新流不断开拓，使之有更宽阔的河床、更洪大的流量。我们总是怀念"五四"那个比较宽容、能够进行自由探讨的思想解放的时代，那是一个让人心胸开阔的时代。在那个时代里，有着为建设新文学而忘我创造的热情。那时，存在着一种互相磋磨的自由气氛，大体上保持一种平等讨论的气氛。

胡适回忆他早期尝试白话诗时，十分眷恋那时的气氛："若没有这一班朋友和我打笔墨官司，我也决不会有这样尝试的决心。""我至今回想当时和那班朋友一日一邮片，三日一长函的乐趣，觉得那真是人生最不容易有的幸福。"（胡适《尝试集·自序》）那个时代当然也有若干心胸狭窄而不能容纳新物的人，但大体只是林琴南一类。更多的人，成为汹汹滔滔的潮流的，是大批忧国忧民的亿万志士。他们学派不同，阶级殊异，大体上都能容忍而很少恶意的攻讦。

在新文学兴起的初期，提倡为人生、崇尚现实主义的文学研究会和提倡走向"内心要求"的浪漫主义的创造社，是同时并存的两个社团。它们代表当时的两大流派，但都得到充分的发展和繁荣，谁也没有统一了谁。当郭沫若化身为凤凰在烈火中唱着新生之歌，甚至化身为"天狗"要吞没日月的时候，冰心只是那墙角悄悄开放的小花，唱着梦一般的歌，她有她的属于自己的骄傲：

弱小的草呵！
骄傲些罢，
只有你普遍的装点了世界。

——《繁星：四八》

那个时代容得下澎湃激荡的、汪洋恣肆的郭沫若，也容得下幽幽地散发着清香的冰心。他们并没有因为郭沫若女神再生式的狂歌是代表了时代的强音而泯灭其余各式各样的（也是更为大量的）歌声，而是让它们同时并存，各自获得发展。徐志摩的创作离胡适的创作甚远，但艺术和思想上的差异并不妨碍他们创作上的互相推进。徐志摩在一首诗的题目下写着："——奉适之——下面这些诗行好歹是他撩拨出来的，正如这十年来的诗行好歹是他撩拨出来的！"（《爱的灵感》）我们由此可以窥见当日创作思想的开阔。

"五四"最初十年新诗创作思想的活跃，已经记载在《中国新文学大系·诗集》上面。仅仅是二十年代的后数年，中国诗坛几乎同时兴起了几个重大的诗派：新月派、象征派、现代派。其中诗人如闻一多、徐志摩、朱湘、戴望舒、李金发等，以各自特有的声音色彩并立于诗坛。朱自清作为文学研究会的诗人，他与上述各派的艺术主张是大相径庭的。但他不怀偏见，在写诗集导言时，他持论客观而富有科学性。他的公允和求实精神，使得这篇导言至今仍然是研究新诗的重要资料。

朱自清的这种精神，在对于当时号称"诗怪"的李金发评价上，甚至表现为充分的谅解："他的诗没有寻常的章法，一部分一部分可以懂，合起来却没有意思。他要表现的不是意思而是感觉或情感；仿佛大大小小红红绿绿一串珠子，他却藏起那串儿，你得自己穿着瞧。这就是法国象征派诗人的手法；李氏是第一个人介绍它到中国诗里。许多人抱怨看不懂，许多人却在模仿着。"这位诗人兼批评家与后来的那些艺术趣味褊狭的人们相比，显得心胸豁达得多。后来的那些人，他们习惯于先是轻易而武断地判决，后是不容许他人怀疑他所作的"永恒"的结论。

中国新诗的丰富的传统，即使在内忧外患交织的年代，也呈现出它的多样多彩。三十年代初期中国诗歌会倡导国防诗歌，他们团结了一批年轻诗人执意要以诗为现实服务，他们甚至提倡诗的"斯达哈诺夫运动"。他们强调的是诗与行动的结合。他们认为，"国防决不是空话。土地不会咆哮，虽然真正要咆哮的是我们的心，而我们得用工作来表示我们的怒吼。"（蒲风《怎样写"国防诗歌"》）但当日的诗歌潮流也并不是单一的一道流水——尽管这可能是很有活力的一道流水。那时，《汉园集》三诗人何其芳、卞之琳、李广田写着属于他们自己心灵的诗篇；新月的余波还在泛着涟漪，陈梦家在唱着《自己的歌》；林庚在默默地，然而又是精心地编织着自己那节调很别致的"十一言体"，例如《正月》：

蓝天上静静的风意正徘徊

迎风的花蝴蝶工人用纸裁

借问问什么人曾到庙会去

北平的正月里飞起纸鸢来

　　文学现象是繁复的，诗歌现象也是繁复的，一切都在按照自己的规律生长发展。世界绝不是单一的，我们也无须要求它单一。也许在一个时期里，某种声音能够代表更多的人的愿望，但是，与此同时，另外一种、若干种声音仍要发出。它们是繁复的社会生活的反照。只要自然界和社会没有失去它的丰富性，诗歌总是丰富的。成名于三十年代，在以后的中国诗坛起了重大影响的，是当日的三位年轻诗人：臧克家、艾青、田间。这三位当日负有盛名的诗人，都得到了新月派的前辈诗人闻一多的肯定与鼓励。闻一多亲自为臧克家的处女作《烙印》作序。他给这位青年诗人的诗以很高的评价："作一首寻常所谓好诗，不是最难的事。但是，做一首有意义的，在生活上有意义的诗，却大不同。克家的诗，没有一首不具有一种顶真的生活意义。没有克家的经验，便不知道生活的严重。"他关于艾青和田间的精辟见解，至今还具有权威的性质。闻一多曾经是诗的形式美的有力鼓吹者，他自己也认真地实践着"戴着镣铐跳舞"的新格律体创作。这三位青年诗人的无论哪一位，都与闻一多自己的诗风迥异。但他不怀偏见，热情地肯定了他们的努力。我们可以看到：在国家、民族生死存亡的严重关头，臧克家、艾青、田间的诗都表达了那个时代的音响，但它们的风格相去甚远。《老马》的质朴凝重，《大堰河——我的保姆》的深情绵邈，《给战斗者》的热情奔放，它们给我们展示出那个时代中国新诗丰富传统的一幅缩影。

　　近三十年来，某些文学和诗歌的理论指导，在强调思想性、现实主义和民族风格的同时，往往忽视了问题的另外一面。中国新诗兴起的时候，它的批判对象是具有深厚之民族传统的旧诗词，而它所取法的，却是对于我们都是陌生的外国诗歌。那时，大批知识分子留学国外寻求救国真理，他们从英、美、俄、法、日诸国，带来了新诗的启蒙讯息。新诗的"揭竿而起"，尽管是中国诗歌自身规律运行的必然，却不是与这些"盗火者"无关。郭沫若把自己的创作过程分为诗的修养时代（主要是唐诗的影响），诗的觉醒期（泰戈尔、海涅），诗的爆发期（惠特曼、雪莱）[①]。他在回答别人询问他所受的外国诗人的影响时，也印证了这个历史："顺序说来，我那时最先读着泰戈尔，其次是海涅，第三是惠特曼，第四是雪莱……"[②]。

　　"五四"开始的这个潮流一直没有中断。中国多数有影响的新诗人，大体上都有一段接受外国优秀诗歌陶冶的经历。除郭沫若外，还有不少诗人。这种潮流一直带到了抗战的延安，何其芳在他的《夜歌和白天的歌》中，便保留有明显的外国诗歌影响的痕迹。

　　由于延安文艺座谈会讲话的指引，新诗从那时起开始涌入一股激流，外国诗的影响于是趋于减弱。这股激流就是在为中国老百姓所喜闻乐见的命题下的民族化、群众化的强调，后来把这种努力概括为在民歌和古典诗歌的基础上发展新诗。有一批诗人忠实地实践了这种理论。李季的《王贵与李香香》、张志民的《死不着》和《王九诉苦》、阮章竞的《圈套》以及后来的《漳河水》给新诗增添了新的血液。从"五四"初期刘半农、刘大白等人对此有某些实践之后，大约三十年间，在新诗史上似乎还不曾有过规模如此浩大的"走向

[①] 《离沪之前》，《沫若文集》第八卷。
[②] 蒲风整理：《郭沫若诗作谈》，1936年《现世界》创刊号。

群众"的行动。这就使新诗的多样化和丰富性顿增光彩。

在国民党统治区，诗人们大抵还是沿着"五四"所开辟的道路充分实践。生活在国民党统治区的袁水拍的《马凡陀的山歌》和生活在解放区的李季的《王贵与李香香》，堪称四十年代中国新诗的双璧。它们对于诗之民族化的探索甚力。这种探索，在今后的长时期内被目之为主流。主流的确定当然有助于某种诗风的倡导，但由于忽略了多种风格的扶植，这就造成了我们所谓的"走向窄狭"的一个原因。

但新诗在新时代的发展，并不真的停止了它的多方面的丰富的探索。新诗的丰富的传统，并不因而中断。从反映生活的深度与广度而言，诗人们仍然在探求从不同的侧面表现他们所生活的时代的真实面容。以抗战这一重大题材而论，高兰写于一九四二年的《哭亡女苏菲》，是一曲与当时许多诗人所发出的时代鼓点的声音截然不同的真挚的个人生活的哀歌——

> 姗姗而来的是别人的春天，
> 鸟啼花发是别人的今年！
> 对东风我洒尽了哭女的泪，
> 向着云天，
> 我烧化了哭你的诗篇！

从一个家庭的忧患中，我们看到了时代的苦难以及人生不可避免的哀痛。这样挚情和血泪凝成的诗篇，无疑地与那些时代的号角之声共同丰富了诗的传统。我们的时代要充分珍惜和尊重艾青、田间所作的那种正面表达了生活与时代之精神深度的诗篇；但也应该珍惜和尊重如《哭亡女苏菲》这样从某个侧面表现人们情感之丰富性方面的努力。它们，同样属于那个苦难的，然而又是战斗的时代！

应当支持对于诗歌民族化、群众化的提倡。谁能够脱离我们这块古老的，然而又是贫瘠的土地？我们的诗歌又怎能不带有这片土地上让人沉醉的温馨的泥土气息呢？提出以民歌和古典诗歌作为新诗发展的基础，要是为了纠正"五四"以来某些新诗缺少民族特点的强调，作为对于自己传统的忽视的提醒，这原是适当的。但问题出在我们因而断定：道路只此一条，其余道路是没有的，或虽有而不能走的，这就造成了片面性。

由于上述那种理论的提倡，新诗的格律化重新得到肯定。在众多诗人的创造性实践中，从四十年代开始，历经长时间的实践，中国的半格律体诗得到了充分的发展。李季一九四九年后的诗风有变，他的《玉门诗抄》就是半格律体的实践。许多诗人的创作丰富了这方面的经验，闻捷在《复仇的火焰》中，把这种四行一节，每行顿数大体相近的诗体推向稳定化。

但中国新诗坚持它的丰富性，而抵制走向单一化。艾青一直坚持写自由体诗（《藏枪记》等诗是一种例外，而且也是一种不成功的例外），而且不停止他对诗的散文美的追求："自从我们发现了韵文的虚伪，发现了韵文的人工气，发现了韵文的雕琢，我们就敌视了它；而当我们熟视了散文的不修饰的美，不需要涂抹脂粉的本色，充满了生活气息的健康，它就肉体地诱惑了我们。"（艾青《诗的散文美》）

我们看到了诗在民族化和格律化方面取得了进步，我们不应忘记构成新诗传统的丰富性的"另一面"——有一些坚韧的坚持者在工作。何其芳的《夜歌》是散文的，也是"欧化"的，只是后来他自认为不合时宜了，没有坚持，转而鼓吹建立半格律诗。但蔡其矫却从四十年代开始始终坚持着以散文体为诗（当然，他也重视民族诗歌传统的继承，但他有自己特殊的认识与实践）。《回声集》《回声续集》《涛声集》几本诗集记载了这位诗人一贯的对于散文美的追求。

论及新中国成立后三十年的优秀诗篇，人们都会想起两首诗：一首短诗，未央的《枪给我吧》；一首长诗，石方禹的《和平的最强音》。它们都是体现了散文美的自由体的杰作。在那一片环珮叮当的诗韵的沉醉中，突然闯进了这样一些奇异而自由的声音，它赋人以新鲜感是自然的——

不许战争

为了无数家庭骨肉团圆

为了星期六晚上的跳舞会

为了我们的工厂

我们的农庄

我们的学校

我们的戏院

不许战争

让无数的丹娘继续念完中学第九班

让刘胡兰活到今天成为劳动模范

不许战争

人民选择了拖拉机和麦穗

而不是原子弹和科罗拉多甲虫

——石方禹《和平的最强音》

这样的诗，若说民族风格和民族形式，则全然不是，但却是三十年来始终留在人们记忆中的诗篇。这些，无疑都属于中国新诗六十年来丰富传统的范围——尽管它遭到了某些习惯势力的冷遇。

四十年代在大后方，以西南联大为中心出现了一批青年探索者。他们植根于中华民族深厚的土壤，接受了传统的中国文化的熏陶，但又面向西方现代诗歌，从中吸收了有益的成分，形成了有特色的创作流派。这一流派的诗人，于四十年代末集结在《中国新诗》的周围。他们感到了他们所从事的是一份严肃的工作：我们现在是站在旷野上感受风云的变化。我们必须以血肉似的感情抒说我们的思想的探索。我们应该把握整个时代的声音在心里化为一片严肃，严肃地思想一切，首先思想自己，思想自己与一切历史生活的严肃的关联。一片庞大的繁复的历史景色使我们不能不学习坚忍的挣扎，在中心坚持，也向前突破，对生活也对诗艺术作不断的搏斗。[1]但他们的"呼唤"并未获得应有的反响。随后的一段长时间，人们似乎忘记了他们曾经存在过。

中国新诗长达六十余年的历史，它已形成了自己的传统，这个传统并不是零。说新诗"迄无成功"是不符实际的。新诗的传统是丰富的，它之所以丰富，不仅表现在反映新时代新生活的范围之广

---

[1]《我们呼唤》，《中国新诗》第一辑。

泛上，而且表现在它对对象的把握方法之多元化上（不仅有现实主义，有浪漫主义，而且也有象征主义以及其他的方法）；不仅有源于古典诗歌和民歌的继承借鉴，而且有源于西方不同时期各主要流派的继承借鉴。新诗多种风格流派的纷陈杂现起始于"五四"初期，而且允许并鼓励各风格流派之间的自由论辩与自由竞争。在新诗发展的早期，并没有产生强制性的、不正常风气。

　　继诗体大解放打破了古典诗词的僵硬格式的统治之后，新诗在长期发展中，一代又一代的诗人尝试着各式各样的新诗体式，或是一代又一代的诗人在不断地毁坏各种建立起来的新诗体式。应当认为，不论是建设还是破坏，都是有利于新诗的发展的。自从半个世纪之前，新诗打破了凝固的形式的控制，实现了诗体解放，恢复了诗与时代、生活、人民的沟通，新诗多种多样的形式不断地被诗人创造出来。从此实现了由诗体大解放到诗体的多元化的过渡。由这个过渡的完成所造成的局面是正常的。对这种局面应施以保护的方针，而不是相反。新的格律可以不断创造，但是不宜以一种或数种格律强行统制诗歌。继承新诗的传统，意味着继承多种多样的、丰富多彩的传统，而不是单一的、单调的和枯竭的传统。本世纪初刘半农提出文学改良主张的第二条是"增多诗体"。他认为"诗律愈严，诗体愈少，则诗的精神所受的束缚愈甚"，因而主张通过"自造"和"输入"（今天称为"引进"）包括有韵、无韵诗的诗体的多样化以巩固发展诗体解放的成果。鉴于历史的教训，那种认为可以不经过广泛实践而"设计"诗体，并通过硬性规定以"推广"某种统一型号的观点，是不可取的。新诗只能通过多样的形式的反复试验以实现它的繁荣。

我们在回顾了历史之后确信：中国新诗业已形成的传统，是新诗发展的最巩固最丰富的基础。当然，我们在肯定新诗自身的传统之时，不能对长达三千年的中国古典诗歌传统持虚无的态度，我们当然要从那无比丰富的传统中获取我们继续发展的民族文化的"遗传基因"。我们将为中国诗歌之富有民族风格（是新鲜活泼的，而非陈腐僵硬的）而努力。但我们不是它的奴隶，我们鄙弃那新时代的复古倾向。我们将沿着"五四"先行者所开辟的道路前进。

三、始终活跃着战斗的生命

反顾了新诗六十年辉煌的历史，我们再客观地审议胡适文学改良的主张之基本环节——诗体解放，我们会发现，他当日的确把诗的形式革命的考虑置于诗的内容革命之先，这就给他在新诗发展中的作用带来明显的局限。他的《尝试集》可以是区分新旧诗的界碑，但却不能成为新诗革命的纪念碑式的作品。这后一种评价，历史性地留给了稍后出现的《女神》。中国新诗的最初阶段，形式革命的矛头指向古典诗歌凝固的格式。而在内容上，则致力于使新诗能够装得进新时代科学与民主的新思潮，能够表现出在帝国主义列强和军阀压迫下人民大众渴求自由与光明的心声。这种努力取得了成效。郭沫若是新诗革命在内容形式之统一的意义上的奠基人。在他前后，当时一般的思想高度是同情底层人民的疾苦、对于个性解放的追求，以及追求恋爱婚姻自由的反封建意识。早期的新诗建设者们，在进行新诗创造期的试验时，也都默默地为新诗的新内容新思想新感情之促进做着贡献。

在新诗中把爱国主义思想提到新高度的，是被朱自清称为在早期新诗人中"几乎可以说是唯一的爱国诗人"的闻一多；把劳工解放和无产阶级意识的宣传提到新高度的，是被鲁迅称为的他的诗"属于别一世界"的殷夫——他的诗是被无产者的斗争和他自己的鲜血染红了的《血字》：

> 我是一个叛乱的开始，
> 我也是历史的长子，
> 我是海燕，
> 我是时代的尖刺。

他的很多诗被印成了传单散发在劳工运动的行列中。殷夫的名字是与新诗走向革命，走向群众斗争这一光荣的战斗的传统联系在一起的。"这是东方的微光，是林中的响箭，是冬末的萌芽，是进军的第一步，是对于前驱者的爱的大纛，也是对于摧残者的憎的丰碑。"（鲁迅《白莽作〈孩儿塔〉序》）应该感谢鲁迅，他把最崇高的评价赠给了这位如闪电一般划过新诗的历史空间，有才华的青年诗人。蒋光慈也是全力呼号革命的诗人，但他在内容的战斗性与艺术的完美性相结合方面不及前者。

中国诗歌会在蒲风的周围集聚了一大批诗人，他们为诗歌走向大众做了大量的工作。他们适应民族解放战争的严峻形势，对于新诗在新时代的使命有着明确的意识："你可以写反抗的黑手，你可以写怒吼的洪流，你可以写铁蹄下惨痛的呼声，你可以写炮烟里大众的抗争……"①

在民族奋起抗战的年代，那些传自大后方，传自中国共产党领导的各抗日根据地，特别是传自延安的战神的怒吼，成为这一时代的最激昂的号音与鼓点。作为这一时代诗歌的战斗精神的集中代表，毫无疑问地落到了艾青和田间身上。《向太阳》是号角，《给战斗者》是战鼓，它们概括地传达出那个时代的洪亮、激越、沉浑的声音。

抗战期间的诗歌，反抗外国侵略者几乎成了唯一的主题。当日的民族矛盾吸引了全部的注意力。这种状况到了解放战争时期转为，向着反动腐朽的国民党反动派的斗争成为诗歌的共同主题。但当时诗歌有明显的两大分支。在解放区，带有史诗性质的叙事长诗盛行。因为人民在共产党领导下进行的壮丽的斗争要求诗歌以宏伟的长卷把它载入史册，于是有了《王贵与李香香》、《赶车传》（第一卷）、《漳河水》，以及不属于长篇叙事诗却有重大的叙事性质的《王九诉苦》等。这些诗歌通过富有抒情特点的叙事，表达了人民斗争的信念及其业绩。另一方面，在国民党统治区，讽刺诗盛行。这仍然是诗歌的战斗要求使然的。诗人们以嬉笑怒骂的方式揭露和攻击人民的敌人，于是有《马凡陀的山歌》《宝贝儿》等出现。当然，其中也包括了属于解放军部队诗人毕革飞以快板形式写成的讽刺诗。一九四六年，臧克家说过他创作讽刺诗的动机："我觉得，在今天，不但要求诗要带政治讽刺性，还要进一步要求政治讽刺诗。因为，在光明与黑暗交界的当口，光明越见光明，而黑暗也就越显得黑暗。……当眼前没有光明可以歌颂时，把火一样的诗句投向包围了我们的黑暗

---

①《中国诗歌作者协会宣言》，转引自王亚平、柳倩作《中国诗歌会》一文，载《中国新文学史料》第二辑。

叫它燃烧去罢！"①这说明，当日战斗在国民党统治区的诗人是自觉地以诗为武器的。四十年代中叶的诗歌思潮就是这样，它如两只巨钳从不同的方向，配合着人民解放军的胜利进军，伸向国民党反动统治的核心。

新中国诞生后，诗的新时代是伴随着欢乐的鞭炮和腰鼓声到来的。新诗传统中向着黑暗势力战斗的职能得到延续，但它的新时代却有了明显的崭新的歌颂光明的使命，这，当然是战斗职能的重要组成部分。五十年代兴起了政治抒情诗的热潮，贺敬之和郭小川这两位新中国诗坛的明星，他们在继承和发扬新诗的战斗传统方面作出的巨大贡献之一，就是倡导并实践了崭新的可以包容时代新声的政治抒情诗的体式。贺敬之的诗歌实践的经历，大体可概括为如下的公式：《放声歌唱》—《雷锋之歌》—《中国的十月》；郭小川要繁复一些，但大体上也可概括为：《向困难进军》—《林区三唱》—《团泊洼的秋天》。新中国诗歌以主要是颂歌的形式完成其战斗的使命，这在今天的一些青年人中也许不被广泛地理解，但却是历史的必然。以贺敬之、郭小川为代表的新中国诗歌的战斗传统，是"五四"以来诗歌革命的革命精神的发扬光大。

中国诗歌史上最壮丽、最动人的一页，是经历了十年毁灭文化的"文化革命"所造成的痛苦之后爆发于天安门前的诗的怒吼。那些无畏的战斗诗篇，一方面履行颂歌的任务：对于人民的力量和信念的歌颂，以及由于一个伟大人物的死所迸发出来的悼念与热爱；一方面履行战歌的任务：它把攻击的矛头指向篡党窃国和奴役、虐杀

---

① 臧克家：《宝贝儿·代序》，《刺向黑暗的"黑心"》。

人民的敌人，天安门诗歌集中地概括了新中国成立以来的诗歌对于"五四"新诗的战斗传统的发展，代表了这一光荣传统在新时代所达到的高度。

丙辰清明，一阵春雷，几场春雨，诗在精神和文化的荒漠上复苏了。诗的战斗传统也得到了复苏。新诗在近三四年来所获得的发展，为新中国成立三十年来所仅见。经历灾难的战斗诗歌，有感于历史的沉痛经验，它对歌颂光明是诗的职责（当然并非全部职责）这一神圣使命重新加以确认。但它又醒悟到：歌颂光明并不意味着对于现实生活中的阴影予以粉饰，不意味着虚假，也不意味着对于神和迷信的愚昧的颂扬。颂歌应当献给走向光明的时代和为促进时代进步的人民。历史的教训促进了人们对于自己所生活的环境的认识，新诗的战斗性诚然要表现为与伪善、丑恶和黑暗的斗争。新诗认识到，即使在光明的社会，依然存在着阴影，批判的武器不可弃置不用。

这种战斗精神，在新的历史时期，大量地而且主要地表现为对于生活的思考。在当前，诗歌的战斗观念失去了传统的单纯性，它变得更为繁复、更为深沉，也更为丰富。新时代的战斗歌声，不再单纯地表现为雄壮激越的号音了；可以认为，这仍然是号音，但它的昂扬之中有着雄浑、沉厚，甚至还夹带着悲慨。在一部分经历过艰难困苦考验的诗人那里，哲理的思辨与政论的色彩在此类在生活中思考的战斗诗篇中，有了明显的增加。

我们重新开始了一个时代，诗的战斗传统的旗帜仍然为雄风所拂动。公刘的诗富于哲理；白桦的诗长于论政；邵燕祥的诗于庄严的话题中不忘精新的抒情；黄永玉自由流畅，寓庄于谐，对生活有深刻的揭示；周良沛、流沙河仍然热情饱满地站在时代的前面，唱着真实的歌，他们有着痛定思痛的激昂；艾青早已抖落了满身风尘，依然容光焕发地举着他的火把，而把长长的黑暗留在了身后……

尽管有不少诗人在探索诗走向人们心灵的道路，尽管有一些青年重视他们自己的内心世界的宣示，但总的潮流是，诗在人民创造的生活中行进。难忘的一九七九年，诗歌经过短短的休养生息，得到了全面的恢复。这种新时期的颂歌与战歌的主题，以及这一主题在新生活中的演化，在这一年的诗创作中有明显的体现。这一年出现的优秀诗歌，呈现出前所未有的光彩，以其复杂性、深刻性、真实性和艺术上的完美，震撼着读者的心，有些诗是失去了单纯意义的颂歌和战歌：颂歌之中，有自我觉醒的悔悟；战歌之中，有射向抨击对象的发自内心的期待。

新的战斗的诗歌就是这样：爱与恨、歌与哭纠缠着。生活教育着诗人，生活使诗走向成熟。那种表面化的浅薄的歌声正在消失，诗歌正在走向立体地展现人们思想情感的高处。

此文初收《共和国的星光》。据此编入。

不是开始的开始

20 世纪已经过去。对于这个世纪，世人都怀有一种复杂的心情。这个世纪有过两次惊心动魄的世界大战，还有无以数计的大大小小的战事，有的战事至今仍在继续。人们在新世纪即将到来时曾真诚地祝愿：告别苦难，远离战争，希望这是一个和平的世纪。但是不幸，祝愿声尚未消逝，纽约的两座擎天大楼在一场恐怖袭击中成为废墟。这颗让人感到恐怖的、其大无比的"飞机炸弹"的爆炸震惊了全世界，人们良好的世纪祝愿化为了泡影！

20 世纪对于中国人来说，也具有特别的意义。这个刚刚过去的世纪曾使中国蒙受苦难和耻辱：外国入侵，国破家亡，内战连绵，政治动乱；也是这个世纪给了中国以新生和希望：香港、澳门先后回归，海峡两岸出现了和平的转机，中国经济发展，国力增强，国际地位得到提高，举国上下专注地致力于社会进步、人民安康的事业。

20 世纪中国诞生了"五四"新文化运动：反对旧道德、提倡新道德；反对旧文学、提倡新文学。这个运动极大地改变了中国长期的自闭状态，推进了中国的现代化进程。从晚清的"诗界革命"到白话新诗的试验，诞生了有别于中国传统诗歌形态的新的诗体——中国新诗。早在民国五年（1916），胡适便给未来的中国新诗，送来了两只美丽的黄蝴蝶。①这是新诗诞生的最初的信息。诗人是时代的先觉，新诗创立之后的第一代诗人以诗的名义，给 20 世纪的中国一个划时代的意象：再生的凤凰。②

新诗在 20 世纪的血与火的沐浴中，历经百年沧桑的考验，终于迎来了一个崭新的世纪：凤凰已经新生，女神再造了一个逐步走向健康、吉祥、和谐的中国。就新诗而言，人们对在 20 世纪 80 年代重新崛起的这一文学品种，在新世纪当然有新的期待。记得 21 世纪即将到来的前夕，2000 年的平安夜（12 月 24 日），笔者和一批诗人正飞行在北京去往大连的空中——我们要赶赴那个世纪最后一次诗歌聚会，我们要为新世纪祈愿，为诗歌祝福。③是日风雪严寒，大连机场跑道封冻。但寒冷不能阻挡人们内心的热切，各次航班分别取道沈阳、青岛、烟台诸地，终于迂曲地抵达。

然而，艺术和诗歌的行进，显然不会理睬人们内心的召唤，也不会遵从社会发展的律则——诗歌从来是我行我素的。期待终归是期待，而开始也未必是开始。2001 年第一期的《诗刊》，封面的基色是灰暗的，有一点暧昧，还有一点混杂。读者不会从中联想到这是充满期待的第一年、第一期、第一页。没有祝词，甚至也没有卷首语，只是在它不显眼的角落有一则"编后留言"，似乎是不太情愿地提道："新世纪的第一期，总会让读者有许多期望。"其语气平淡得近于冷漠，与当时全世界都在热烈举行的"千禧之祝"构成了鲜明的

---

① 胡适：《朋友》，"两个黄蝴蝶，双双飞上天 / 不知为什么，一个忽飞还 / 剩下那一个，孤单怪可怜 / 也无心上天，天上太孤单"。《新青年》第 2 卷第 6 期，1917 年 2 月 1 日。

② 郭沫若：《凤凰涅槃》，载《女神》，上海泰东书局，1921 年 8 月。

③ 2000 年 12 月 25—27 日，由大连金生实业有限公司、《收获》《作家》《上海文学》《当代作家评论》《山花》及作家出版社、《文学报》《大连日报》周刊部等九家单位联合主办的"大连·2000 年中国当代诗歌研讨会"在辽宁大连举行。会后发表宣言《2000·大连意见》。

反差。

一切都在开始，一切又都不是开始。幸好该刊开辟的《新世纪诗坛》刊登了郑玲的诗。

在这期刊物那个僻冷的角落里，我们终于惊喜地发现了我们所期待的"开始"：

生活永远始于今天
在应该结束的时候
重新开始①

诗歌没有新闻，诗歌不会重视外界的喧腾。幸好有郑玲的这些诗句，给了我们一种"重新开始"的提醒。也许不仅是提醒，也许真的怀有新的期待。与《幸存者》同时发表的，是这位诗人非常重要的诗篇《悬崖上的囚徒》②，那形象是惨烈的：

一头麂子
把身体弯成弓
挣扎于千寻谷底之上
它
在同什么样的命运斗争

---

① 这是郑玲《幸存者》中的诗句，"朝着黎明 / 走在已埋葬的岁月之上 / 幸存者不诉说回忆 / …… / 生活永远始于今天 / 在应该结束的时候 / 重新开始"。《诗刊》2001 年 1 月号。
② 郑玲：《悬崖上的囚徒》。诗后注："2000 年 8 月于芳村。"《诗刊》2001 年 1 月号。本文作者在多个场合都提到这首让人震撼的诗，它在很大程度上是诗人的自况。郑玲在散文《野刺莲》中写了她蒙难中的爱情，可为佐证。该文见《文艺报》2010 年 1 月 20 日。

> ——在一口一口地
>
> 啃断自己的
>
> 被夹住的那只脚

这是一个用"自我伤残的英勇""可怕而从容地争取自由"的生命：

> 没有外界的救援
>
> 绝不可忘记自己
>
> 能用来抗拒死亡的
>
> 还有一副牙齿
>
> ——它便一口一口地
>
> 啃断自己的脚

这是为了告别的期待。期待着像这只麂子这样惨烈地告别苦难。也祈望新开始的时间，人们无须再为自由而以这种极端的方式伤残自己。20世纪有过诸多这样的悲剧。记得当年，困厄中的牛汉也写过麂子的诗，诗人以被阴谋暗算的、经受过苦难的过来人的身份，向着美丽、善良而又天真的麂子发出惊怵的警报：

> 你为什么这么天真无邪
>
> 你为什么莽撞地离开高高的山林
>
> 五六个猎人
>
> 正伏在草丛里
>
> 正伏在山丘上

枪口全盯着你

哦，麂子
不要朝这里奔跑^①

　　但是那麂子依然为着它美丽的奔跑而舍生忘死，结果是成了另一只"悬崖上的囚徒"。我们期待着诗人用他或郑玲所展示的这样的画面，时刻警醒我们不忘 20 世纪给予我们的苦难的记忆。这是过去的世纪极为宝贵的精神遗产。但是希望毕竟空悬，遗忘意味着一切，那些沉重的世纪记忆——例如麂子忘了阴险的枪口，再如它为自由所付出的身体和鲜血——早已飘散在 21 世纪不见天日的灯红酒绿之中。

（选自《中国新诗史略》）

---

① 牛汉:《麂子，不要朝这里奔跑》。1974 年初夏，作于咸宁。选自诗集《白色花》。

永远沐浴着他的阳光
——送别艾青先生

诗坛泰斗艾青于五月五日溘然逝世，这个中国新诗界的太阳陨落了。他半生历尽苦难，却留下不朽的诗篇。他既是中国忧患的深刻传达者，又是人类正义和理想福音的传播者。即使他已沉默了，仍会感到他那强大的存在。

诗人绿原在诗集《白色花》的序言中，说了如下一段话："中国的自由诗从'五四'发源，经历了曲折的探索过程，到30年代才由艾青等人开拓成为一条壮阔的河流。把诗从沉寂的书斋里、从肃穆的讲坛上呼唤出来，让它在人民的苦难和斗争中接受磨炼，用朴素、自然、明朗的真诚的声音为人民的今天和明天歌唱：这便是中国自由诗的战斗传统。本集的作者们作为这个传统的自觉追随者，始终欣然承认，他们大多数人是在艾青的影响下成长起来的。"事实上，受到艾青影响的不仅仅是这一批在自由诗的写作中成绩卓著的"白色花"的诗人们，而是自30年代以迄于今的整个中国诗坛。

完成新诗文体革命的诗神

我们所有的人都沐浴着艾青的太阳。艾青把中国新诗推向了成熟。只要承认并乐于接受中国新诗的传统，谁都不能无视和试图绕过艾青的光芒。是艾青把诗从沉重的格律和刻板的传统模式中最后解放出来，他在诗中驱逐了所有的哪怕一星点的腐朽的气息，他使中国新诗洋溢着现代的脉搏的节奏。他创造了自然、朴素、清新、明洁，充满鲜活的人间情致而又灵活不拘的表达方式。艾青把最日常的语言变成了一颗颗、一串串闪光的珠玑。艾青的魅力在于来自平常又出以平常，而在这一来一往之间，他充分展示了把日常语言予以诗情改造的神力。

中国新诗自胡适开始"尝试"，取得了从无到有的开辟之功，但又长时间苦恼于未能摆脱他称之为"从旧式诗、词、曲里脱胎出来"的"词调"的阴影，总之，表现出"不容易打破旧诗词圈套"的不彻底和不独立。白话诗的自立景象最初出现在周作人的《小河》中。《小河》的好处是比较彻底地剔除了"旧词调"，使白话诗突现出前所未有的纯粹性，但它的弊端在烦冗而不洗练。中国诗走出古典到达现代，经历了诸多的曲折和痛苦，这个过程在艾青手中得到完成。在新诗的发展史上，胡适是光辉的起点，郭沫若传达了"五四"时代的浪漫激情；而中国白话新诗文体的完成则是艾青。作为一座丰碑，艾青的贡献无可替代，他同样属于伟大的开拓者和奠基者行列。

1932 年艾青从巴黎回国，同年即被捕入狱。他一生中最重要的一首诗《大堰河——我的保姆》即写于狱中。艾青在这首著名的诗中最初揭示了诗人坚持的进步和人性的立场。艾青的创作始于苦难，但他一开始就不是一位即事言事、仅仅满足于宣泄个人苦难的诗人。作为本世纪中国和世界最重要的诗人之一，他一开始就把自己的创作建立在中国社会乃至全人类广厚的基础上，他的诗展示出恢宏的气势和博大的胸襟。

苦难造就了艾青

但苦难的确造就了艾青。这位世纪诗人开始是从画笔中感受到中国的天空和大地的忧郁的色彩。他由色彩而声音，由声音而全身心地拥抱了中国无所不在的悲伤和激愤。中国浸透血泪的黄土地，黄土地上的呻吟和呐喊，注定了他的诗一开始就与欢乐无缘。这是一位能够深沉地把握并表现中国悲哀的诗人："为什么我的眼里常含泪水？因为我对这土地爱得深沉……"（《我爱这土地》）那碾过黄河干涸河底并留下深深辙迹的手推车，那徘徊在铁路沿岸、伸出永不缩回的手的乞丐，都在诉说着中国大地无边的哀伤。这些诗说明艾青和他的土地和人民之间深刻的情感纽结。他从他的南方村庄、从"大堰河"的怀抱走出，走向北方广袤而悲哀的国土，从个人到社会，艾青感受了这大陆无所不在的忧患：战乱和饥馑、不公和强权，这一切的沉重，都注入了艾青清醒并有点洒脱的笔下，造出了艾青独异的诗美奇观，这就是艾青的个人风格：沉郁的内涵和自由形式的和谐。有的诗人拥有技巧却未能把握时代，有的诗人能传达时代风情却缺乏审美独创，而艾青正是在既能贴紧时代脉搏而又有充分独特的艺术个性的结合点上，成为本世纪最具影响力的世界性诗人。

太阳和黎明的儿子

一方面，艾青用他的悲哀和忧患唤起我们对不幸现实的关切；另一方面，也许是更为重要的，艾青始终在黑暗的沉夜点燃烛照周遭的火把，点燃向黑暗抗争的信念。艾青从情感上、从心灵上导引我们。艾青是太阳和黎明的儿子，即使是在黑暗统治最沉重的时刻，他依然向我们传递那伟大的信息——

> 从远古的墓茔
> 从黑暗的年代
> 从人类死亡之流的那边
> 震惊沉睡的山脉
> 若火轮飞旋于沙丘之上
> 太阳向我滚来……

他唱着一首又一首这样的歌，在诅咒黑暗的同时，指出在黑暗的尽头那光的存在。当我们在苦难中伫立太久，他发出"黎明的通知"；当漫长而恐怖的长夜刚刚过去，作为"死在第二次"的幸存者，他唱着"光的赞歌"出现在我们面前。所以，艾青在我们的印象中，既是中国忧患的深刻传达者，又是人类正义和理想福音的传达者。

永远歌唱的诗魂

在中国诗坛，艾青是一位创作跨越的年代最长、始终充溢着青春的生命力的诗人。许多诗人进入生命的晚年，往往歌唱力不从心，而艾青却在经历了长久的苦难之后，在80年代以《鱼化石》《光的赞歌》《古罗马的大斗技场》等作品，创造了另一个青春期的辉煌。人们在描写诗歌历史时喜欢用新的或更新的潮流来替换甚至否定前行者的功绩，在他们的观念中，诗的进步是一种更迭或扬弃的过程。其实，诗的历史更像是一种加法，而不是减法。有一些诗人是永远不会过时的，他将占领诗的所有空间和时间。艾青就是这样一位永恒的诗人：

> 以自己诚挚的心沉浸在万人的悲欢、憎爱与愿望当中。他们（这时代的诗人们）的创造意欲是伸展在人类的向着明日发出的愿望面前的。唯有不拂逆这人类共同意志的诗人，才会被今日的人类所崇敬，被明日的人类所追怀。(《诗与时代》)

能够把握这种精神的诗人是不朽的。

当艾青站在我们身边，即使他沉默，我们也会感到那强大的存在；当我们的身边失去了艾青，我们真的感到了永难填补的空缺。艾青的太阳陨落了，他把长长的黑暗留在了我们心中。失去了艾青，中国诗仿佛一下子失去了全部的重量！这就是此刻我们送别这位伟大诗人时的最真实的感受。

此文原刊于《明报月刊》1996 年 6 月号。据此编入。

一颗星亮在天边
——纪念穆旦

每一个诗的季节里都有它的时尚和流俗，做一个既能传达那时代的脉搏，而又能卓然自立地发出自己的声音的诗人是困难的。惯性力图裹胁所有的诗人用一种方式和共同的姿态发言，这对天才便意味着伤害；而天才一旦试图反抗那秩序，悲剧几乎毫无例外地便要产生。

本世纪中叶是中国新诗形势严峻的时代。绵延不断的战争和社会动荡催使诗歌为契合现实需要而忽略甚而放逐抒情。民族的和群体的利益使个性变得微不足道。诗人的独特性追求与大时代的一致性召唤不由自主地构成了不可调和的反差，在这样的氛围里诗人的坚持可能意味着苦难。

对于此一时期从事创作的诗人，他们始终面对着难以摆脱的双重的压力，社会的和艺术的。国运的艰危要求并导引着诗歌对它的关注，其合理性当然无可置疑。但当时，缺少节制的直接宣泄已成约定的模式，采取别一方式而达于同一目标的艺术行为便自然地具有了反叛的性质。与此同时，艺术走向民间的呼声日隆，在此一倡导的背后，则有着近于浮表的形式上的同一化要求。这意味着诗人的责任不仅仅在于表现民众，而且应当采取民众熟悉的和乐于接受的方式。这一切理所当然地将诗推向一体化的极限。

我们此刻谈论的穆旦，便出现在上述那特殊的背景之中。时代孕育并创造了天才，但时代在创造天才的同时也开始了对他的扼杀。因此，如何忠实于他的时代并勇敢地坚持自有的艺术方式，便成为对诗人品格独立性的严重的考验。因为他敏感于四方的风景，并以他特别的坚定体现诗歌的自由，穆旦于是无愧地成为一面飘扬的《旗》：

> 是大家的心，可是比大家聪明，
> 带着清晨来，随黑夜而受苦，
> 你最会说出自由的欢欣。

在长长的岁月里，穆旦一直是一个被忽略的题目。他曾经闪光，但偏见和积习遮蔽了他的光芒。其实他是热情的晨光的礼赞者，而粗暴的力量却把他视为黑夜的同谋。像穆旦这样在不长的一生中留下可纪念的甚至值得自豪的足迹的诗人不会很多——学生时代徒步跨越湘、黔、滇三省，全程3500里，沿途随读随撕读完一部英汉辞典，最后到达昆明西南联大；二十五岁以中国远征军一个成员的身份参加滇缅前线的抗日战争，经历了严重的生死考验；1952年欣慰于新中国的成立，穆旦、周与良夫妇在获得美国学位之后谢绝台湾当局和印度的聘请毅然回归祖国——何况他还有足够的诗篇呈现着作为中国知识分子对于祖国和民众的赤诚。但是，仅仅是由于他对诗的品格的坚守，仅仅由于他的诗歌见解的独特性，以及穆旦自有的表达方式，厄运一直伴随着他。穆旦自五十年代以来频受打击，直至遽然谢世。他的诗歌创作所拥有的创造性，他至少在英文和俄文方面的精湛的修养和实力，作为诗人和翻译家，他都是来不及展示，或者说是不被许可展示的天才。彗星尚且燃烧，而后消失，穆旦不是，他是一颗始终被乌云遮蔽的星辰。我们只是从那浓云缝隙中偶露的光莹，便感受到了他的旷远的辉煌。

中国新诗自它诞生之日起，便确立了实现中国古老诗歌的现代更新的目标。对于促进和实现诗的现代化，中国诗人为此付出了艰辛的劳作。中国诗歌传统宏博绵远，正因为如此，它同时也拥有并体现出它的保守和惰性的特点。因而，中国诗在其引进现代性和实现现代化的过程中，一直存在着激烈的传统与现代的矛盾冲突。中国传统社会和传统诗学一直抗拒现代主义甚至外来的其他思潮。中国新诗中的现代主义尽管有诸多诗人做过成功的尝试，但它从来没有成为主流，现代主义的诗潮在中国一直处境不佳。

由于中国社会的多忧患，从三十年代中期开始，作为现代主义的余绪逐渐趋于消失。与现代主义的弱化和消失形成强烈对照的，则是古典和民间诗潮的再度兴起并走向鼎盛期。四十年代中国新诗的民间化受到强大而权威的理论的支持，它直接承继并强化了"红色的三十年代"革命诗歌运动的成果。它依然无可争议地代表了中国新诗的时代主流的地位，这种事实成为新诗引进和加强现代意识的巨大障碍。

但现代主义的火种并没有在中国熄灭。在重重的农民文化意识的包围之中，战时的中国后方城市尤其是由北京大学、清华大学、南开大学三个学校组成的西南联合大学所在的昆明，那里集聚了一批既具有传统文化积蕴又与当时世界先锋文学思潮保持最密切关联的著名学者和青年学生，他们代表了学院知识分子对中国文化的基本立场。作为中国文化的精英，联大师生以其开放的视野、前驱的意识和巨大的涵容性，在与大西北遥遥相对的西南一隅掀起了中国新诗史上的现代主义的"中兴"运动。当时在西南联大执教的一些著名的学者、诗人闻一多、朱自清、冯至、卞之琳、燕卜荪等，有力地支持并推进了这一火种的燃烧。

若把"五四"时期的北京大学喻为"中国新诗的摇篮"，则此时的西南联大同样可以比喻为振兴并发展中国现代诗的新垦地。一批青年学生，在中外名师的指导下，再一次迸发了建设中国新诗的热情。穆旦是其中最积极、最活跃也最有代表性的一位。据有关材料介绍，他也就是在这里对叶芝、艾略特、奥登甚至对狄兰·托马斯产生了浓厚的兴趣。在大师的影响下，由于包括穆旦在内的一批青年诗人的投入，中国新诗史掀开了值得纪念的新页。

穆旦具有作为诗人的最可贵的品格，即艺术上的独立精神。这种品格在巨大的潮流（这种潮流往往代表"正确"和"真理"）铺天盖地涌来从而使所有的独立的追求陷入尴尬和不利的境地时，依旧对自己的追求持坚定不移的姿态，其所闪射的就不仅仅是诗人的节操，而且是人格的光辉了。这一点，要是说在四十年代以前是一种不愿随俗的"自说自话"，那么，在艺术高度一体化的五十年代之后，穆旦的"个人化"便显示出桀骜不驯的异端色彩来。

穆旦生当中国濒临危亡的最艰难的岁月，在这样的年代里，穆旦也如众多的中国诗人一样，以巨大的牺牲精神投入争取民族解放的抗争。这表现在他的行动上，也表现在他的艺术实践中。但不同的是，穆旦始终坚持用自己的语言、自己的方式传达他对他所热爱的大地、天空和在那里受苦受难的民众的关怀。在这位学院诗人的作品里，人们发现这里并没有象牙塔的与世隔绝，而是总有很多的血性，很多的汗味、泥土味和干草味。但在穆旦的笔下，这一切来源于古老中国的元素，却是排除了流行款式的穆旦式的独特表达。在《出发》《原野上走路》《小镇一日》等一些诗中我们都可以感受到这种鲜活的人生图画和真实的生活脉搏。当然最出色的表现还是《在寒冷的腊月的夜里》，那里有一幅旷远的甚至有些悲哀的北方原野的风景。了解中国北方农村的人读穆旦这首诗都会感到亲切。腊月夜晚寒冽的风无阻拦地吹刮，风声中有婴儿的啼哭，这一切让人生起莫名的怅惘甚至哀恸。前面说的穆旦诗的泥土味即指这些，他对中国厚土层的深笃的情怀不比别人少，但他显然不把诗的目标限定于现实图景的反映或再现。穆旦从这里出发，他通过这些情绪和事实而指向了深层。岁月这样悠久，我们无法听见。但是，当无声的雪花飘落在门口那用旧了的镰刀、锄头、牛轭、石磨和大车上面的时候，我们听到了诗人对中国大地以及生活在古老村落里的中国农民命运的关切。穆旦的诗让我们想起恒久的悲哀：为人类的生生死死，为无休止的辛苦劳碌。

读穆旦的诗使我们置身现世，感受到真切生活的一切情味。他的诗不是远离人间烟火的"纯诗"，他的诗是丰满的肉体，肉体里奔涌着热血，跳动着脉搏，"这儿有硫磺的气味碎裂的神经"（《从空虚到充实》）。但是，穆旦又是那样与众不同，对于三十年代以来、四十年代达于极盛的把诗写得实而又实，甚至沦为照相式或留声机式的崇尚描摹和模仿的潮流而言，穆旦却有他的一份超然和洒脱。他的诗总是透过事实或情感的表象而指向深远。他是既追求具体又超脱具体并指归于"抽象"。他置身现世，却又看到或暗示着永恒。穆旦的魅力在于不脱离尘世，体验并开掘人生的一切苦厄，但又将此推向永恒的思索。他不停留于短暂。穆旦把他的诗性的思考嵌入现实中国的血肉，他是始终不脱离中国大地的一位，但他又是善于苦苦冥思的一位，穆旦使现世关怀和永恒的思考达于完美的结合。

三四十年代的中国，众多的苦难涌向并充填社会的每个角落。普通的中国人，从农工劳苦者、士兵到知识阶层无不承受着巨大的实际的和精神的压力，他们的心灵深处都装满了关于苦难的诸多具体的图像。顺从潮流的诗人，轻易地把这些图像组装成他们的诗句。但穆旦不同，他显然仅仅把这看成是切入的初步。穆旦的始终努力在于通过这些丰富的事实进入关于整个民族生命存在的久远的话题：他的诗句穿透大地的表层穿透历史的沉积，他展现人们感到陌生的浩瀚的精神空间。他写《不幸的人们》的不幸不仅是现实的"伤痕"，而是——是谁的安排荒诞到让我们讽笑，笑过了千年，千年中更大的不幸。

> 诞生以后我们就学习着忏悔，
> 我们也曾哭泣过为了自己的侵凌，
> 这样多的是彼此的过失，
> 仿佛人类就是愚蠢加上愚蠢——
> ……
>
> 像一只逃奔的鸟，我们的生活
> 孤单着，永远在恐惧下进行，
> 如果这里集腋起一点温暖，

一定的，我们会在那里得到憎恨

……

　　这就是穆旦的沉郁，他看到受别人忽略的东西。一位天才的诗人，他的心灵承载着整个民族的忧患。但他从不排拒他自己灵魂苦难的体验，而且往往是由此深入推进，由个人而推及整体，由现在推及绵渺。他的无情的鞭笞，抽打的首先是他自己。"虽然生活是疲惫的，我必须追求"；虽然"观念的丛林缠绕我"，"善恶的光亮在我的心里明灭"，但他显然拒绝"蛇的诱惑"而再度偷吃禁果。他不断拷问自己："我是活着吗？我活着吗？我活着为什么？"（《蛇的诱惑》）

　　穆旦的这种自我拷问是他的诗的一贯而不中断的主题，写于1957年的《葬歌》，写于1976年的《问》，不论周围的环境发生了什么样的变化，他都坚持这种无情的审判。"是不情愿的情愿，不肯定的肯定，攻击和再攻击，不过酝酿最后的叛变"（《三十诞辰有感》），站立在过去和未来两大黑暗之间，揭示自我的全部复杂性，这是穆旦最动人的诗情。穆旦作为二十世纪后半叶非常重要的诗人，他展现那时代真实的残缺和破碎，包括他自己矛盾重重的内心世界。前面说的他写的不是"纯诗"，即在于他诗中出现的都是一种"混杂"的平常。他就是在这种混杂中思考社会和个人：在被毁坏的楼里，"发现我自己死在那儿"，而楼外的世界——

　　洪水越过了无声的原野，
　　漫过了山角，切割，暴击；
　　展开，带着庞大的黑色轮廓

和恐怖，……

——《从空虚到充实》

在穆旦的诗里找不到"纯粹"，他的诗从来不"完美"，仿佛整个二十世纪的苦难和忧患都压到了他的身上。他不断听到"陆沉的声音"，他默默守护着"昏乱的黑夜"，他被"黑暗的浪潮"所拍打，这是一颗骚动不宁的灵魂。但是，"为了想念和期待，我咽进这黑夜里不断的血丝……"（《漫漫长夜》）。正是由于他的诗保存这么多的罪恶和苦难，我们说穆旦因传达这时代真实的情绪而成为最具代表性的诗人是恰当的。

话说回来，要是仅仅从穆旦的诗传达时代的实感方面考察他的贡献，那就等于忽略了穆旦最重要的品质。我们不能忽视穆旦作为学院诗人所具有的"书卷气"。他绝不媚俗，他的诗给人以庄严的感觉。他总是展现着良好教育的高雅情调，此种情调使他的诗具有明显的超越性。他的忧患不仅在于现实的际遇，他的忧患根源于人和世界的本身。穆旦不是"写实"的诗人，穆旦的沉思使他的诗充满哲理，这就是他的"抽象"，但又恰到好处。生活中的许多疑惧，他不竭地追寻回答，而回答又总是虚妄，这造就穆旦式的痛苦。"我不再祈求那不可能的了，上帝，当可能还在不可能的时候"（《我向自己说》），我们从这种绝望中发现深刻，于是我们发现穆旦对绝望的抗议——

零星的知识已使我们不再信任

血里的爱情，而它的残缺

我们为了补救，自动的流放，

什么也不做，因为什么也不信仰，

......

这是死。历史的矛盾压着我们，

平衡，毒戕我们每一个冲动。

——《控诉》

穆旦的诗充满了动感。他无时无刻不在展示那外在世界的冲突和内心痛苦的骚动。穆旦从来不用优美和甜蜜来诱惑我们，他的无边的痛苦从不掩饰。而在痛苦的背后，则是一颗不屈心灵的抗议。穆旦的抗议有现实的触因但基本不属于此。诗人的敏感使他超前地感到了深远的痛苦。这种痛苦不是基于个人，甚至也不单是社会，而是某种预感到的无所不在的"暴力"的威胁："从强制的集体的愚蠢，到文明的精密的计算"（《暴力》）；他是那样地厌恶那些与高尚心灵格格不入的世俗气以及"普遍而又无望的模仿"（《我想要走》）。作为渴望心灵自由和人格独立的诗人，他几乎是以决绝的姿态抗击对于个性的抹煞和践踏。这是《出发》里的诗句——

给我们善感的心灵又要它歌唱

僵硬的声音。个人的哀喜

被大量制造又该被蔑视

被否定，被僵化，......

这首诗中还有更为惊人的揭示："让我们相信你句句的紊乱是一

个真理"，他是真实地从这种"丰富"中感到"丰富的痛苦"。

写于 1947 年的《隐现》是迄今为止很少被人谈论的穆旦最重要的一首长诗。整首诗吁呼的是不能"看见"的痛苦，"因为我们认为真的，现在已经变假，我们曾经哭泣过的，现在已被遗忘"。他的诗表现当代人的缺失和疑惑，他诅咒那使世界变得僵硬和窒息的"偏见"和"狭窄"。这首诗以超然于表象的巨大的概括力，把生当现代的种种矛盾、冲突、愿望目标的确立而又违反的痛苦涂上一层哲理的光晕。这对于四十年代非常流行的"反映现实"的潮流而言是一种逆向而进的奇兀，他在这里继续着对于心灵自由的追寻以及对于精神压迫的谴责：

> ……我们站在这个荒凉的世界上
> 我们是廿世纪的众生骚动在它的黑暗里，
> 我们有机器和制度却没有文明
> 我们有复杂的感情却无处归依
> 我们有很多的声音而没有真理
> 我们来自一个良心却各自藏起

这种对于秩序化控制的恐惧和抵制，诱导了随后发生的一系列悲剧，一颗自由不羁的诗魂很难屈从在一律化的框架中。这不仅指的是思想追求而且也包括艺术态度，特别是表现在他的现代主义倾向以及他对"传统"的反抗上。王佐良很早就说过"穆旦的胜利却在于他对古代经典的彻底的无知"，以及他的"最好的品质却全然是非中国的"(《一个中国诗人》)之类的话，这当然不是在否定穆旦所具有的中国文化的涵养和积蕴，而是强调了他的艺术反叛精神。细读穆旦的诗就知道，在他那些充盈着现代精神的诗作背后的，是整个的中国文化的厚土层。这不是指表面的相似，而是指内在的精神一致性和这种文化不由自己的渗透和蕴蓄。以他的《流吧，长江的水》为例，通篇是一首具有浓郁的传统色彩的谣曲："这草色青青，今日一如往日，还有鸟啼，霏雨，金黄的花香，只是我们有过的已不能再有。"这诗句让人想起李白，想起他的"弃我去者，昨日之日不可留；乱我心者，今日之日多烦忧"来。无论怎么说，穆旦和李白纵有千年之隔，但作为中国诗人的艺术思维方式却表现出惊人的承继性。

但穆旦的好处却是他的"非中国"。他和许多诗人不同，他对"现代"的亲近感，以及他对"传统"的警惕，在许多人那里是不具备的。他来自传统却又如此果决地站在传统的对面，勇敢地向它挑战，这表明穆旦的强大和清醒。穆旦这样写过，"我长大在古诗词的山水里，我们的太阳也是太古老了，没有气流的激变，没有山海的倒转，人在单调疲倦中死去"（《玫瑰之歌》）。对此，他禁不住要喊一声："突进！"中国传统的强大深厚和它的自足性培养了中国多数艺术家的慵懒和屈从的性格。特别是当艺术面临着强大的权力和理论支持的时候，那些以挑战的姿态试图反抗这种强大的，便往往具有了某种悲壮。

穆旦就是这样出现在中国充满惰性的艺术氛围中。他对现代艺术精神的向往和热情，显示了学院诗人的新锐之气。穆旦站立在一个重大的历史交汇点上，这是黑暗和光明、战争与和平际会的紧要关头。作为中国的知识分子，穆旦庄严承担了自己的一份责任：一方面，他以实际行动贡献着拳拳报国之心；另一方面，他又无情地解剖自己（他诗中不止一次诅咒"平衡"，而且要"埋葬"另一个"我"）以期使自己能与他生活的大时代相谐。但生活的惯性追逼这颗痛苦的灵魂，不能允许并试图抹煞作为独立诗人的自由渴望以使之就范。我们于是看到了充斥在诗行夹缝中的那无所不在的追索、疑惧和挣扎——当然，间或也流露出辛辣的反讽。

但穆旦更大的辉煌却表现在他的艺术精神上。他在整个创作趋向于整齐一律的规格化的进程中，以奇兀的姿态屹立在诗的地平线上。他创造了仅仅属于他自己的诗歌语言：他把充满血性的现实感受提炼、升华而为闪耀着理性光芒的睿智；他的让人感到陌生的独特意象的创造极大地拓宽和丰富了中国现代诗的内涵和表现力；他使疲软而程式化的语言在他的魔法般的驱遣下变得内敛、富有质感的男性的刚健；最重要的是，他诗中的现代精神与极丰富的中国内容有着完好的结合，他让人看到的不是所谓"纯粹"技巧的炫示，而是给中国的历史重负和现实纠结以现代性的观照，从而使传统中国式的痛苦和现代人类的尴尬处境获得了心理、情感和艺术表现上的均衡和共通。

在社会环境的危急中坚持艺术的纯正性，又在忠实而真诚的诗性运作中不脱离社会的苦难并予以独特的展现，特别是在艺术实践中他始终以从思想到艺术的批判锐气而站立在前卫的立场上。他一方面吸收着中国诗学传统的丰美的汁液，一方面又警惕着漫山遍野呼啸而来的诗歌世俗化的潮涌。他坚决而热情地面对西方现代诗特具的魅力，同时又把它的艺术精神用以充实和更新当代中国诗的品质。在三十、四十年代出现的穆旦——当然还包括了他的志同道合的朋友们的努力，为当时中国诗造出新的气势并展开了新生面。穆旦也就是在此一时刻以他早慧的、全面的，同时又蕴蓄着巨大创造力的实践而成为最能代表本世纪下半叶——从他出现以至于今——中国诗歌精神的经典性人物。

穆旦生当我们述及的灾难血泊中崛起的中国大时代，他的创作已显示出中西文化交汇所积蕴的博大丰盈、生活阅历和艺术经验的丰富性，这充分表明穆旦有可能成为能够代表这一时代的大诗人——"让我歌唱帕米尔的荒原，用它峰顶静穆的声音，浑然的倾泻如远古的熔岩，缓缓迸涌出坚强的骨干，像钢铁编织起亚洲的海棠"，发出这《合唱》的声音时，穆旦才是二十二岁的大学生。我们已从他的声音感觉到由伟大抗争凝练而出的沉着、静穆铸出的力度与内在激情的爆发构成的巨大震撼力。

每个时代都在以它的精神塑造最能传达其精神的歌者，但是，每个时代在作这种选择时又都表现出苛刻：它往往忽视并扼制诗人与众有异的独立个性和特异风格。这情景在五十年代以后的岁月中展现得非常充分。穆旦为世不容。一曲《葬歌》使他遭到更大的误解与非议，他终于在不甘与忧愤中停止他的歌唱。七十年代浓重的暗夜里，他默念那烛泪筑成的"可敬的小小坟场"（《停电之后》），在《沉没》中发出"什么天空能把我拯救出'现在'"的抗议之声。在北风吹着窗纸的小土房里，他再一次面对青年时代的《在寒冷的腊月的夜里》，再一次面对中国充满悲哀的大地，大地吹刮的冰雪和寒风。"让马吃料，车子歇在风中"，用"粗而短的指头把烟丝倒在纸里卷成烟"，这些普通的劳苦的中国人的劳苦生活，再一次温暖着他，召唤他的热情。可是，他的生命之《冬》已悄然来到，他只能在这样的夜里写下他的"绝笔"。

一颗星亮在天边，冲出浓云它闪着寒光。它照耀过，但浓云最终还是埋葬了它。在偏见的时代，天才总是不幸的。

此文刊于《名作欣赏》1997年第3期。据此编入。

与生命深切关联的纪念
—— 重读冯至诗的体会

所有艺术都以无情的淘汰构成它的严酷的历史。岁月匆匆忙忙地往前走去，它把无数的暂时性作品纸屑一般地驱逐出人们的记忆。可悲的是，无情筛选抛弃下来的残迹，并未唤起那些艺术的良知，人们一如既往地复制那些拙劣的赝品。

我们把敬意留给严肃的歌者。也许他们给后人留下的很少，但留下的那些却真正地留下了。读冯至的作品便有这样的印象，他的作品经得起历史挑剔的比重很高。这是一位诗人的骄傲。

冯至的创作大致可分三个时期：第一个时期主要是二十年代的作品，以《昨日之歌》《北游及其他》为代表；第二个时期主要是四十年代的作品，以《十四行集》为代表；第三个时期主要是五十年代的作品，以《十年诗抄》为代表。第一个时期的作品，除受到鲁迅称赞的抒情诗外，尚有《吹箫人的故事》《帷幔》《蚕马》等精致的叙事诗，这些作品是这位诗人对于新诗运动"伟大的十年间"作出的他人无法替代的贡献。至于第二个时期的《十四行集》，从它四十年代面世之后曾经有一个至少三十年的湮没，但一旦把它从地底发掘出来，挑拭去蒙受的尘泥，却依然闪射着宝物的光泽。至于第三个时期的作品，在普遍的艺术歧变之中，仍然保留了相当严肃的艺术精神：它把那个时代的不佳印痕减少到最低度。如《韩波砍柴》，今天读来仍让人感到是一篇可以保留的佳作，那里有了新观念的加入，却保留有极纯真丰富的人情。

冯至不是写得很多的诗人，他的矜持至少表明他对诗的执着。学者的涵养又使这种执着具有庄严感。粗制滥造与这位诗人无关。即使如《我的感谢》那样带有明显的思想局限的诗篇，也有一份认真和纯净让人感动：

> 你让人人都恢复了青春，
>
> 你让我，一个知识分子，
>
> 又有了良心。

为了不使标题分散，我们把笔墨集中到《十四行集》上面来。这里的诗写在四十年代的大后方昆明。那时有很多的时间，他要在山道上行走，偶然的触兴使他吟出了一首变体的十四行。由此产生了一个念头："凡是和我生命发生深切关联的"，都要为之"留下一些感谢的纪念"。

从三十年代后期开始，因为时势的艰危，相当部分的中国新诗迅速地意识形态化。虽然那时要求诗歌的切入时事，可以说是合理的，但不少诗歌采取的直接切入的方式却是成了非艺术的倾向。有一种见解认为若是诗歌表现出对社会的关注，只能是这样直接的方式。由此导致对那种坚持诗学原则的非直接方式创造的贬抑。

《十四行集》显然不采取上述价值选择。它仍然保持了诗歌对于心灵空间的广泛占领，而且它坚持不承认对于社会的联系和关切只能有一种方式。当周围满足于以诗直接喊出富有意义的内涵时，冯至采用的是纯粹属于自己的表达方式。细心地阅读便会发现诗人对于社会的关注是热忱的，只是他通过自己的视角和自己的声音，而不是当时流行的方式。

《我们来到郊外》的诗情生发于昆明的空袭警报。人们听到警报纷纷跑向郊外："像不同的河水融成一片大海。"诗人把握到的意象是河水和海水的汇聚和分流，借以暗示社会的一种存在状态。当空袭来临，"同样的警醒"和"同样的运命"使不同的"河水"流成了"大海"。在这种汇聚的过程中，平日里的种种差异都消失了，体现出绝大的认同。诗人显然被这种汇聚和差别的消弭所感动，于是有了如下的祈愿——

要爱惜这个警醒，
要爱惜这个运命
不要到危险过去，

那些分歧的街衢
又把我们吸回，
海水分成河水。

这里有时代背景的烘托，又有社会思考的投影。重要的是它的笔能不直接表现现实生活的画面，也不试图在表面化的图像中显现诗人的品质。这里体现的诗对于社会的关照是隐蔽的和深层的，它是一束折射的光。诗人希望不仅是同命运的危难到来时，人们会走在一起，而且期待着在另外一些更多的时候和境遇中，那河水依然可以汇聚而成为海水——因社会划分而导致的人间的隔阂将因此而得到弭平。

另一首诗《给一个战士》也有这样的精神折光。它写的也是一种差异：长年在生死边缘生长的兵士，与他回来看到的"堕落的城"构成的反差，使他变成了"古代的英雄"。还是英雄的悲剧。他于是在周围的愚蠢之中"归终成为一只断线的纸鸢"——这种孤零感造成了社会的大悲哀。

诗人把巨大的慰藉和尊敬给予了这位兵士，不要埋怨这个命运，"你超越了他们"；还因为是断了线的纸鸢，于是，那丑恶的一切已不能维系住你飞向旷远。这诗意显示出某种自慰的无力（这原是属于诗人可从属的那个社会阶层的弱点），但是这种抚慰却显得博大而崇高。

我们可以从冯至这种看来淡远的诗情中，寻觅到他的热情。这些诗都是那个时代的特殊环境的折射，它不仅富有时代感而且比那些表面喧嚣的作品具有更为沉郁的思考。他用的是轻淡的文字，但通过这些文字却传达出关于社会的深刻焦虑。这是远非那些貌似豪壮的号召所可比拟的现实深刻性，它当然与时代的脉搏共同跳动而不曾偏离。

在那样的时代和那样的习尚的包围中，冯至的艺术追求展示这位诗人的独立操守。他不作那种过眼烟云的作品，他的作品即使如上述的《我们来到郊外》《给一个战士》之具有深厚的时代氛围和感触，也不作表面层次的宣泄和图解——同样是表现时代的精神，却拥有更深的忧患。

从这个意义上说，冯至是一位大诗人。这不是就数量而言，而是就作品的品质加以衡量的结果。这位诗人能够冲破世俗观念的重围，驾驭他的题材（这种题材是别人均能把握的）到达别人难以到达的境界。他思考的是排斥了短暂功利考虑的永恒的领域。如前引，也许别人在表现空袭警报时想的是控诉敌人的暴行，而冯至却到达了人群应该如何彼此了解和融会的深度。

在抗战的后方，在贫瘠的战乱的平凡生活中，冯至拥有的是充满哲学光辉的精神世界。他深入其中，从无数平凡和琐碎中体味那人生永恒意味的命题。他给人的不是短暂的满足而是长久的丰富。例如《看这一队队的驮马》，它们驮来了远方的货物，也带来了一些尘沙和喧哗。诗人从这些单纯的画面想到的，是一种超越性的思考——

我们走过无数的山水，
随时占有，随时又放弃。

仿佛鸟飞翔在空中，
它随时都管领太空，
随时都感到一无所有。

他问："什么是我们的实在／我们从远方把什么带来／从面前又把什么带走？"我们还是这样搬过来又搬过去地忙碌我们的一生，其实我们如鸟是什么也不占领的。人生不过是一个过程。如果我们把这一简单的存在参透，那么一切的烦忧亦将不存。

在一个狂风夹带暴雨的夜晚，诗人感到了孤单。在小小的茅屋里，即使是那些亲切的用具也都有各自的心事和向往："它们都像风雨中的飞鸟各自东西。"我们仿佛不能自主，在这样的夜晚，"我们听着狂风里的暴雨"。无限的自然力摧毁了人的自信："只剩下这点微弱的灯红 / 在证实我们生命的暂住。"诗人写的也是这种短暂与永恒的神秘。

在那个时代，能够突破偏见而把诗的触角透过事物的表层，伸向这种生命存在奥秘之思考的，当然是一位智者和勇者。冯至选择了十四行这种限定极严的体式，恰好符合了他把深邃的思想表现得极其简练概括的艺术追求。冯至说："它正宜于表现我要表现的事物；它不曾限制了我活动的思想，而是把我的思想接过来，给一个适当的安排。"（《十四行集》序）

三十多年后他回忆这些作品，感到了某种遗憾。他在《冯至诗选》序中说："对于诗中歌咏的几个人物，有的评价并不恰当，尤其是对于鲁迅和杜甫，没有表达出他们伟大的精神。"应当说，以短短的十数行而达到恰当评价或表达其伟大精神本来就很难，冯至现在所做的，已经充分体现他的优长之处。这种优长即指如下两端：一是他能以大题目作"小"诗，如《蔡元培》《鲁迅》《杜甫》等；一是他能以小题目作"大"诗，如《我们天天走着一条小路》《别离》等。

即以他自己不满意的《鲁迅》《杜甫》为例。在鲁迅丰富的一生中，诗人紧紧握住鲁迅无数幻灭中的不曾消沉，以及他望见一线光明而总是被乌云遮盖的命运咏唱，应该是切及这位伟大作家的悲剧命运的实际的。《杜甫》讲这位诗人"不断地唱着哀歌 / 为了人间壮美的沦亡"，"你的贫穷在闪烁发光 / 像一件圣者的烂衣裳"，都能展示杜甫的博大丰富。

在写人物的诗中，《画家梵诃》也许最为成功。此诗通篇由凡·高的画意组成，起首是"你的热情到处燃起火"，燃烧的向日葵，燃烧的扁柏到处是火焰在呼吁。映彻那火焰的是贫穷的房屋内冰块般的贫穷的剥土豆的人。冰块和火焰造成的反差，展现了画家的人道精神——"这中间你画了吊桥／画了轻盈的船：你可要／把些不幸者迎接过来？"

把一个伟大人物的一生浓缩在短短的十四行中，这便是把博大写成精炼，不求周全只求能实现那光辉。冯至达到了这个目的。另一部分诗是通过一些小的生活画面概括出一个巨大的命题。这方面的作品如《原野的小路》《我们站立在高高的山巅》，都把一些具体的感受引向绵渺、深邃。典型的是《几只初生的小狗》，那是一幅很平常的小画面：连天阴雨之后的初晴，小狗的母亲把小狗一只一只地衔到阳光里，日落了再一只只衔回去。诗人说：

你们不会有记忆，
但是这一次的经验
会融入将来的吠声，
你们在深夜吠出光明。

这也是通过小命题作大诗的成功一例。

冯至这些作品给人最大的启示是，他的大视野和大胸怀能使每一个平凡具体的场面散发出极大的精神能量来。不仅不是就事论事，也不单是借题发挥，而是通过联想和想象把具体的意象导引入一个大的境界中去。关于威尼斯人们已谈了很多，但似乎还没有像冯至在《威尼斯》中那样表达过：

> 我永远不会忘忆
> 西方的那座水城，
> 它是个人世的象征，
> 千百个寂寞的集体。
>
> 一个寂寞是一座岛，
> 一座座都结成朋友。
> 当你向我拉一拉手，
> 便像一座水上的桥；
>
> 当你向我笑一笑，
> 便像是对面岛上
> 忽然开了一扇楼窗。
>
> 只担心夜深静悄，
> 楼上的窗儿关闭，
> 桥上也断了人迹。

流行的风光抒情与这首诗无干，他还是就一个具体的图景抽象为一个严肃的人生思考。表面的意象是威尼斯，它由岛、桥、楼、窗等组合地显示。潜伏的意象是人生社会，每一个人是一座岛，岛意味着孤独和寂寞。与此相关的是桥伸出的交流的手，楼窗的开启是人际的微笑，当桥和窗出现时，人类的孤独感便消失了。威尼斯是人生的象征：人类社会是集体的岛，它是寂寞和孤独的群。诗人希望人与人发生同情和互助，于是便有桥和楼窗的召唤。最后的"担心"体现他的人道精神。

避开意识化的直接浸漫，拒绝以诗肤浅地描摹社会人生，不管社会风尚如何地影响，径直把诗的使命升至至纯至真的境界。冯至四十年代以《十四行集》为代表的诗作，展示的是一种信念和品质。他未曾脱离那个环境，而且与那个环境以及痛苦中挣扎和期待的民众共命运，他当然表达那种忧患和苦难。但是，诗人却把那种关切提炼到最深层、最本原的所在。他寻求一种诗的纪念，这种纪念是"与生命深切关联的"。

这样，我们就明白了，为什么相当多的当时引起兴趣的作品都消失了，唯独冯至被埋藏的声音今天依然鸣响在耳。他的诗因为切及对生命的思忖与抚摸，因为脱去了切近的功利的考虑，终于获得了恒久的意义与价值。

冯至诗中体现的思想绵远深沉，但艺术风格除了整饬凝练，还非常平易朴实。他不华靡，也不事喧嚣，他把深情的关注和焦虑表现得极恬淡。他举重若轻，绝不故作高深令人退避。这点，对于当今诗坛，也极有启示。

此文初刊于 1991 年 7 月 1 日《诗双月刊》第 2 卷第 6 期 / 第 3 卷第 1 期，收《永远的校园》。据《诗双月刊》编入。

北方的岛和他的岸
——论北岛

他的出现，伴随着惊异的目光与纷繁的议论，也伴随着对他的诗的社会的和审美的价值的深刻怀疑。中国新诗在当代的发展中，像他这样一开始就受到注意，而又经历了长时间承认的空白的诗人是不多的。但另一事实却是，在中国诗歌结束贫困以至窒息的特殊际会中，给传统的诗歌提供了如此广泛、如此深刻的思想与艺术的挑战的，只有为数很少的几位诗人，他是其中相当突出的一位。在一个时期人们的印象中，他的形象几乎就是一个年轻的艺术挑战者的形象。

时代随时都在挑选自己的诗的载体，让他发出它所特有的声音并体现它所特有的性格。在社会经历重大变动的时代，情况尤其是这样。不论人们现在和将来对他的作品将作出什么样的价值估量，如下一点是确定无疑的：他以他的诚实和执着而无愧于哺养了他的时代。

这是一座"退潮中上升的岛屿"。尽管事实上他并不孤单，但伴随着他的却是"和心一样孤单"的氛围：没有灌林丛柔和的影子，也没有炊烟，"划出闪电的船桅，又被闪电击成了碎片"（《船票》）。这座北方的岛，有时他试图把自己想象为另一种物件，却一样是飘浮无定的具有悲剧命运的形象："你在雾海中航行，没有帆；你在月夜下停泊，没有锚。"他因而发出短促的但却意味深长的叹息："路从这里消失，夜从这里开始。"（《岛》）风是孤零零的，海很遥远；梦是孤零零的，海很遥远；街中的安全岛也是孤零零的，海还是很遥远。《和弦》表现的也是这种心的孤单，心灵与现实的距离。《一束》写"我"和世界之间存在着沟通的媒介，但最后还是脱不了"正在下陷的深渊"的阻隔。他的悲观色彩是明显的——

我的影子站在岸边
像一棵被雷电烧焦的树

我要到对岸去

对岸的树丛中
惊起一只孤独的野鸽……

这是要到对岸去却感到了"界限"的北岛。诸多争议都可以从这些孤独的、带有浓重的悲剧命运的意象中得到说明。这也是迄今为止他最受到的谴责的焦点。他与世俗中习以为常的诗的观念产生了悖谬。人们一贯认为诗是一种鼓舞和激扬精神的手段，诗不仅与"悲哀"，甚至与"低沉"都不相干。可是，这种在茫然的海中要到达彼岸而不能到达的情绪，这种"没有船票，又怎能登上甲板"（《船票》）的怅惘，都是以表达这种令人遗憾的"距离"和"界限"为特点的。一开始，他就表现了与"传统精神"的格格不入。

然而，无可否认的是他对生活的诚实。如同他的同代诗人一样，他的诗同样是曾经有过的不合理时代的合理的产儿。要是不了解孕育了他的诗的时代温床，不了解这一最具说服力的"灵感源"，人们就只能在他的"怪异"的诗面前茫然失措。既然他是时代和命运的儿子，我们只能从他的诗中寻找他与世界真实联系的说明。北岛的确有令人注目的忧郁，他几乎总是以耽于思虑的忧郁症感染我们。他以冷峻的基本色调表现不能如愿的人生、幻想的破灭、寻求的遗憾。他用诡奇的断续的辞语，缝缀着一张破旧的风帆。他的确给人留下了悲观的影子。即使在坚韧地等待"那只运载风"的"红帆船"的诗中，他也以充满疑惧的语言开始他的歌咏：

假如到处都是残垣断壁

我怎么能说

道路就从脚下伸延呢？

滑进瞳孔里的一盏盏路灯

难道你以为

滚出来的就真是星星？

——《红帆船》

　　他总是在怀疑道路的延伸与等待红帆船的出现之间徘徊着和犹豫着。没有记忆的结着蛛网的古寺，与随着一道生者的目光而使乌龟复活的期待（这本身就是充满神秘气氛的意象组合）的矛盾交织着(《古寺》)；装满阳光的"带着沉甸甸的爱"的橘子和"咸涩的眼泪"、"苦丝网住了每瓣果实"共存于一体（《橘子熟了》）。他总是这样在"深渊的边缘上"做着"孤独的梦"（《五色花》）。

要是说，在这里他只是表现了与现实的经验积淀俱来的复杂心态在客体上的投影与感应，则他的另一种现象，即他对不合理的生活秩序的怀疑与抵抗，便直接显示了诗人的真诚的勇敢。《夜：主题与变奏》体现了他把握错综纠结的世界的才能。他写对夜的变奏对于和谐的破坏的厌恶，他写孤独者醒来后所感到的小门后面有手轻轻拨动插销的细节，特别是"仿佛在拉着枪栓"的奇怪的联想，令人警悚于一颗受惊的心灵在静夜里的紧张与警惕。这是缺乏安全感的心态的折光。当然，最鲜明的怀疑情绪体现在他的《回答》中，他以警策的语言对那个颠倒年代的众生相作了淋漓尽致的，同时又是高度概括的揭示。继"卑鄙是卑鄙者的通行证，高尚是高尚者的墓志铭"之后，他又以最明确的语言作了对于变异的现实的回答："我——不——相——信！"

我们究竟应该如何评价北岛的忧郁和怀疑？作为特定的一代人，他的诗体现了他们这一代人对生活的思考。他们对青春年华消失的惆怅，对憧憬和梦想的幻灭的抗议，恰恰表现了他们对于生活的执着和认真。单凭这一点执着，这一份认真，我们便可推断，北岛的诗不是别一时代的产物。他忠实地表现了一代人的追求和憧憬，狂热和失望，真诚与惶恐，困惑和疑惧；表现了整整一代人的动荡、不宁，浓厚的失落感，有点玩世不恭而又不甘沉沦、亟思振作而又缺乏坚定目标的复杂的情感和思绪。北岛以他人不可替代的心灵的碎片，最细密也最充分地"拼凑"了一代人的心史。

总是那样的纷繁与落寞，总是那样的追寻而不能如愿。一方面，他表现了心灵与世界的断裂，个人与群体的冲突，同时，他又与批判的对象认同，承认自身"并非无辜"，"早已和镜子中的历史成为同谋"。这样，他的批判也理所当然地包括了自身。他的《随想》同样包蕴了深沉的历史感：

> 我早已被铸造，冰冷的铸铁内
> 保持着冲动，呼唤
> 雷声，呼唤从暴风雨中归来的祖先

一个觉醒的灵魂在歌唱，这不是神和超人的彻悟，这是一个"只想做一个人"的普通人的觉醒。他把自己看作历史的一部分，他承担了光荣，也承担了耻辱。

我们当然有很多理由责备北岛的忧郁和有点过于敏感的警惕，正如我们可以有很多理由责备舒婷的感伤和她异于寻常地要求自尊一样。但是，要是离开了这一点，北岛和舒婷的个性也就消失了。对于一个扭曲的时代，表现了人的生活和人的心灵的扭曲，应当判断为有价值，而不应判断为扭曲。要是在扭曲的时代，诗人笔下却出现了并不扭曲的光明、热烈、无尽的鸟语花香，那才是真正的扭曲。

要把北岛这位诗人的优点和弱点阐述得十分精确是十分困难的，因为他复杂。很清楚，要是他对生活不抱希望，他不会叹息生活是一张网。因为他太清醒，他对生活希望甚切，于是他发现了生活的失去公平以及对于这种失去公平的不平。所以尽管北岛不是以激情的喷发为特点的诗人，尽管他的充满思辨色彩的诗中体现了哲学的冷静，但他"冰冷的铸铁内"的确保持了"呼唤雷声"的"冲动"。

北岛的灵魂是躁动的。尽管他感到了"希望"作为"大地的遗赠"的"沉重"，但他依然希望"在江河冻结的地方，道路开始流动"（《走向冬天》）；"岁月并没有从此中断，沉船正生火待发"（《船票》）；"如果陆地注定要上升，就让人类重新选择生存的峰顶"（《回答》）……这一切都出现在他的那些矛盾纠结的诗篇中。那里有苦难的倾诉，有宿命的悲观，但却如泥沙中有云母的明亮的光，希望并没有被悒郁所吞噬。

不论是希望的失落，还是失望之后依于希望，北岛的诗是不曾失去光亮的。"夜里发生的故事，就让它在夜里结束吧"（《明天，不》）。这表现了他的睿智和豁达。北岛的这一点光亮，被许多论者忽略了，他们总把他看作彻底的悲观主义者。其实，北岛的悲观与忧郁如同他的希望与寻求一样，都是我们如今生活的这个多变而复杂的生活赐予他的。因为，他真实地表现了它的已然或未然的扭曲和变形，因而他得到生活的承认。

中国当代诗歌的规格化倾向在新诗潮兴起之前已趋于极限。北岛的诗歌实践，是对于统一化的艺术模式的冲击。他的由断续意象的叠加构成的总体的多向的象征效果的艺术，使"五四"开始的象征诗歌传统在长久的间断之后得到了衔接和延续。他改变了传统诗歌的情节性结构体系。他打破固有的时空秩序，有意地予以错杂的重组：时间的流动和空间的移位，给诗的表现增添了纵深感和穿透力。单向的、固定的、直接的叙述方式在他的诗中消失了，代之以多层架构的复合意蕴。意象的模糊性和内涵的不确定性，造成了突出的朦胧的审美效果。他是引用蒙太奇技巧和通感手段最多、最大胆的诗人。除了早期一些诗中保留了直接显示的某些痕迹，他总是充分以意象暗示诗人对现实的态度而避免说明。北岛创造了一个世界。现实世界的遗憾，它的破缺和断裂，它的痛苦期待和心灵的战栗，浓厚的负重感和潜在的执拗的追寻，在这个艺术世界里表现得相当充分。这是北岛的独立的世界。

孤单的和飘浮的岛，一再地感到了岸的遥远。但它总在苍茫中意识到"守护每一个波浪"的岸的存在。不安的心灵即使在最索漠的时刻也在呼喊："我要到对岸去。"而岸也总是日日夜夜召唤着他。

此文初刊于 1985 年《中国青年艺术家》创刊号，收入《中国现代诗人论》。据《中国现代诗人论》编入。

在诗歌的十字架上

——论舒婷

> 我的嘴决不说非义之言，我的舌也不说诡诈之语。我断不以你们为是，我至死必不以自己为不正。我持我的义，必不敢松，在世的日子，我心必不责备我。
>
> ——《旧约·约伯记第二十七章》

这位生长于南中国海滨的青年女性，她的心灵和她的诗句的美丽，如今已引起中国相当广泛的人们的兴趣。如同世上所有试图改变原有生活格局的创造一样，当她以不同于流行方式的方法写诗，谴责的暴风便袭击了她。她的思维和情感方式被解释为异端。这是一种因心灵的隔膜而产生的误解。但是，当我们真正接近了她所拥有的世界，我们便惊讶地发现，这位被指责为脱离时代的诗人，却是体现当代人的丰富的内心世界最充分的人。

她当然逃脱不了特定的一代人的特定际遇。尤其像她这样自尊而对生活敏感得有点矜持的诗人。尽管她大抵是凭着情感波动生活，但她却以惊人的冷静迎接了生活的挑战。她声称"决不申诉我个人的遭遇"，她喊出的"一代人的呼声"带有鲜明批判色彩的理性觉醒："我推翻了一道道定义，我打碎了一层层枷锁。"她心甘情愿地选择了苦难。那些认为她的诗只有"个人的忧伤"的责备，未免来得过于匆忙。事实上，她首先不是为自己，而是怀有悲壮的献身感——

　　为开拓心灵的处女地
　　走入禁区，也许——
　　就在那里牺牲
　　留下歪歪斜斜的脚印
　　给后来者
　　签署通行证

——《献给我的同时代人》

　　也许今天她会不满意自己那时的天真的热情，但当年那种可贵的"公民情绪"却相当广泛地激动了一代人。她从来没有把自己看成英雄，她也并非完人；尽管她在心灵中是个强者，但在实际生活中却充当了弱者的角色。她在从事这种歌唱的事业时充满了矛盾："也许我们的心事／总是没有读者／也许路开始已错／结果还是错。"（《也许》）热情驱使她，而理智又阻拦她。但她毕竟是为理想而活着的人。她理所当然地"为了服从一个理想"而作出了奉献：

　　我献出了
　　我的忧伤的花朵
　　尽管它被轻蔑，踩成一片泥泞

　　《在诗歌的十字架上》表达了这位女诗人虔诚的心愿。仅仅为了无可逃避的心灵的使命，她承担了她称为的"我所不能胜任的牺牲"。

但路已经开始延伸，除了把自己钉上十字架，她别无选择。

忧患属于对时代充分敏感的精灵。在风暴的袭击之下，她的确感到了力不胜任的承担——

可是我累了，妈妈
把你的手
搁在我燃烧的额上

阳光爱抚我
流泻在我瘦削的肩膀

风雨剥蚀我
改变我稚拙的脸庞

我钉在
我的诗歌的十字架上

任合唱似的欢呼
星雨一般落在我的身旁

任天谴似的神鹰
天天啄食我的五脏

我不属于自己，而是属于

那篇寓言
那个理想

　　五年之后，她在《以忧伤的明亮透彻沉默》中，证实她是在为理想而受难："敏感，依恋温情，不能忍受暴力，是人类的善良天性之一。善良造成痛苦，人间的痛苦形形色色，每一种痛苦都可能是一剂毒药，如果没有理想的太阳的高高照耀，如果不是'为了不可抗拒的召唤'，人怎能有力量翻越这无穷无尽的障碍奔向目标呢？"
　　我们此刻谈论的舒婷，她的确以动人的美丽的忧伤造出了她的诗歌的特殊魅力。一个由混乱的时代造成的心灵的"混乱的丰富性"在她的诗中出现，充分体现出舒婷诗美的特殊价值。多情的南国少女，她以优美的文笔把女性的柔情表达得细腻委婉，使人窥见那充满同情和爱的透明的心灵。在她之前，当代诗人很少能像她这样以挑战的姿态无拘无束地袒露自己的情感世界。她拾到一枚珠贝，她确认那是"大海滴下的鹅黄色的眼泪"。波涛含恨离去前伏于大地胸前的哽咽，那是一滴滚烫的泪凝固而成的晶体。《珠贝——大海的眼泪》是早期诗作，距今至少已有十年，就在这首诗中，舒婷从似是柔弱的泪水中透出"坚硬的质"，造成一种复合的美感。这是她最初展示给人们的一枚情感的珠贝——

　　　　它是少女怀中的金枝玉叶，
　　　　也和少女的心一样多情，
　　　　残忍的岁月
　　　　终不能叫它的花瓣枯萎。

多情而坚强，渺小因不自卑而显示伟大。历史的误差造出了痛苦，而一旦它成为不枯萎的花，任是多么凄厉的风的抽打，终不能从少女的手心将它夺去。一开始，年轻的女诗人便展现出她的韧性的坚持。人们往往只见她的心灵沉重的呻吟，往往会忽略这样的事实，即偎依慈母怀前的女儿已经长大，而且生成了痛苦的自尊和倔强，"为了一根刺我曾向你哭喊，如今戴着荆冠，我不敢，一声也不敢呻吟"。任性和天真已随着童年的喧闹逝去，如今展现的是与那种年龄不相称的坚忍。

生活催人早熟，这本身便是由痛苦的泪凝成的一枚珍珠。从这片痛苦的磨擦而生长的"苍劲"中，我们窥见生活的变态和残忍。这位女诗人能够把特殊的生活际遇所给予的心灵投影，表现得相当独特。当她被痛苦唤醒，超脱个人的痛苦而向人伸出同情的手，她的声音却是矛盾的："如果你是火／我愿是炭／想这样安慰你／然而我不敢"，"如果你是树／我就是土壤／想这样提醒你／然而我不敢"（《赠》）。一种动机与行为，理想与实际之间的距离，把心灵的扭曲和惊悸表现得委婉动人。

舒婷的艺术才能体现在能够把她所感到的个人忧患，体现得热烈而又婉转。一方面她把情感倾泻而出，如飞瀑如烈火，一任热情的燃烧和奔突；一方面，她又能适当地加以抑制。她的好处在于她决不造成那种一泻无余的宣泄表现出浅薄的失控状态——

我真想摔开车门，向你奔去，

在你的宽肩上失声痛哭：

"我忍不住，我真忍不住！"

这首《雨别》是以惊人的情感爆发开始的，但她在以后的抒写中，却没有让它漫流下去，而是加上了阀门。一连四个"真想"，终于把情感控制住了："我的痛苦变为忧伤，想也想不够，说也说不出。"

暴风过去之后，她把风暴的影子镂刻在心中。舒婷是矛盾的，她的情感的美丽多半由于她自然地托出一颗矛盾的心。一种特殊的环境使她总是把心分为两半，一半是忧，一半是骄傲（《心愿》），一半是反抗的愿望，一半是"无法反抗"的现实（《墙》）——但最后她还是回到她自身。她体现了惊人的自省力："我终于明白了，我首先必须反抗的是：我对墙的妥协，和对这个世界的不安全感。"矛盾中的执着，柔弱中的坚强，这正是舒婷最为动人的心灵和"自画像"。

1952 年诞生在中国南部省份福建泉州的诗人，她的童年和新中国当时所有的孩子一样，过着万花筒一般的多彩而单纯的生活：夏令营、歌唱比赛、朗诵会。她回忆说："未来和理想五光十色地闪烁在遥远的地平线上，仿佛只要不断地朝前走去，就能把天边的彩霞搂在怀里。"（《生活、书籍与诗》）少女的时代刚刚结束，生活的动乱开始，舒婷和那时所有中国人一样，被推进了深渊。1969 年，她被驱遣到福建西部的山区"再教育"。三年后，回到城市，当过建筑公司临时工、织布厂的学徒和灯泡厂的炉前工和挡车工。这些工作，使她产生了"流水线"的诗情。

从工厂的流水线撤下，又卷入为生活奔波的流水线上。枯燥的单调的生活多么严重地扼杀了她那富有情感和幻想的诗心。舒婷在《流水线》这首诗中，含蓄地表达了她对生活的抗议：小树也会在流水线上发呆，星星也因而感到疲倦。她感受到了困顿，但她痛恨的是唯独不能感受到自己的存在——"或者由于习惯／或者由于悲哀／对本身已成的定局／再没有力量关怀"，她是在叹气！

她有了搁浅的感觉。她把这种感觉诗化为《船》的意象。那只倾斜地搁浅在礁岸上的船，风帆已折断，油漆已剥落，满潮的海面只在几米之遥，它却"丧失了最后的力量"。船和海，"隔着永恒的距离，他们怅然相望"。舒婷把自身的情感经历升华而为一种普遍的理性概括，《船》所展示的人生愿望与到达之间的永恒的悲剧感是深邃动人的。同样的，仿佛一段失而复得的记忆的《四月的黄昏》所表达的：

也许有一个约会
至今尚未如期
也许有一次热恋，
永不能相许

也是这种不能如愿的永远的遗憾。

要是舒婷只停留在她自有的感受上，她不能对个人的情绪实行有距离的超越；要是她不能对实际情感予以扩展，使人人在这种宏阔的时空中寻找到自己的存在，那么，她的诗歌也许会失去不少魅力。不仅是升华个性化的情感经历，使之具有普泛的共鸣，而且把握住眼前的刹那，使之化为永恒的记忆。她拥有这样的魔力——把眼前的一刻化为永恒。那个《四月的黄昏》不再是一个黄昏，而是停留在悠远的时间里的永远令人凄迷忧伤的黄昏。那个南方潮湿的小站所经历的不能如愿的等待，那列车缓缓开动的橙色光晕的夜晚，那闪着水汪汪灯光的空荡荡的月台，有着强烈震撼心灵的力量。我们把《在潮湿的小站上》理解为精神的浮雕，那里凝聚了当代人饱经忧患之后普遍的失落感。而这块浮雕的"原型"，当然与诗人的情感历史有关，但她通过一个常见的场景概括出来的情感化石，却具有了更为普遍的意蕴——现今的几代中国人都可以从这块化石中找到自己心灵深处的失落感。

舒婷无疑听到了自己内心时代使命感的召唤，她从自身出发，走向了他人。但她不是舍弃自我内心的开掘而专去开"掘"别人。她呼吁："人啊，理解我吧！"她也寻求对别人的理解："我愿意尽可能地用诗来表现我对'人'的一种关切。"舒婷一开始就寻求通往他人心灵的道路。这种不竭的、急切的寻求理解和被理解，如她所说，是基于对"人"的关切。

她是动乱结束之后最明确地提出"人"的命题的一位诗人。她的著名诗篇《致橡树》，1979 年在《诗刊》发表后便传诵一时。她的平等的爱情信念深深地打动了人心：

我如果爱你——

绝不像攀援的凌霄花

借你的高枝炫耀自己

我如果爱你——

绝不学痴情的鸟儿

为绿荫重复单调的歌曲

在中国，女性的争取独立人格的自由，依然是激动人心的课题。但把《致橡树》放在特定的环境加以思考，它的内涵却非爱情所能概括。舒婷的诗出现在中国结束类似中世纪那样的愚昧的时代，一旦面对世界现代文明，它理所当然地成了人的独立自尊的宣言——

　　我必须是你近旁的一株木棉
　　作为树的形象和你站在一起

　　这是一种人的自觉的醒悟——不仅爱情中的男女，所有的人与人都是平等的。她无言地谴责了对人的凌辱和践踏。敏感而多情的诗人，确定她的人的目标，当然是对神和鬼的厌弃，这就是舒婷基于广泛的人道主义的人性理想。《惠安女子》中那把头巾一角轻轻咬在嘴里的"天生不爱倾诉苦难"、内心却拥有海一般的悲苦的渔家女子，人们只看到她那"优美地站在海天之间"的身影，而忽略了她的裸足"所踩过的碱滩和礁石"，"于是，在封面和插图中，你成为风景，成为传奇"。舒婷无疑是以批判的视点提醒世人注意普通人的价值，并呼吁人与人之间的理解与心灵沟通。在《神女峰》中，她进一步阐发了她对人的价值的确认。它表达对此岸的现实人生的眷念和热爱，宣告了对于彼岸的虚幻的神的信念的"背叛"：

　　美丽的梦留下美丽的忧伤
　　人间天上，代代相传
　　但是，心
　　真能变成石头吗
　　沿着江岸
　　金光菊和女贞子的洪流

正煽动新的背叛

与其在悬崖上展览千年

不如在爱人肩上痛哭一晚

　　急躁的评论家在这一点上易产生误断。首先易于判定她的"低沉"和"感伤"是非理想的。然而，事实却是舒婷之所以是当代诗人中比任何人都更富浪漫主义气质的诗人，其原因就是她是一位富有憧憬和幻想的人。因为她有过多的祈愿和向往，因为她追求美好的理想装扮起来的世界。而当她面临的是一片又一片心灵隔膜的荒野，一堵又一堵挤压、勒索并要人们"适应"它各样各式形式的"柔软"的"冰冷"的墙，她才有了幻灭的痛苦和悲伤。

　　舒婷是这样的一类诗人：在自然和生活的每一个部分中都看到"现实"的观点，在他们看来是过于平常和缺乏动人的力量的，他们感到应该给生活提供更多的东西，特别是在提供人的心灵丰富性方面。这一类诗人，他们试图在寓言般的"魔法"环境中去完成不可能的事——恢复生活中被打碎了的抽象的统一。但是当这一切被证明是不可能时，忧伤和痛苦便开始了。作为一个有着自己追求的诗人，舒婷一开始就体现了如同保罗·亨利·朗格论述十九世纪早期的浪漫主义剧作家那样——

　　他并不是以一个艺术家的平静去刻画他们的。因为他经常是和自己进行斗争的，他常常步入歧途，走进病态的境界。他的文风和辞令是过分富于爆炸性的紧张力的，在一种经常不断进行追求的狂热中它的心灵驱使它自己奔向那求而不可得的目标。

我们因对舒婷的陌生（这是不同的诗歌观念以及欣赏习性造成的距离）而最后亲近了她。我们终于认识这一束"骤雨中的百合花"——一个奇特的时代造成的灵魂的奇观：温婉而坚韧、缠绵而果决、柔情而热烈，但总摆脱不了那份让人感到甜蜜的忧伤。这是一片独特的诗歌世界：抬头是你，低头是你，闭上眼睛还是你，如同日光岩下那无时不在的会说话的三角梅……

"理想使痛苦光辉"，痛苦却催人成熟。我们如今听到的是踩着碱滩和多刺的礁石传来的沉重的足音："人人都知道的是，历史走到今天这个开阔地，并非唱着进行曲沿着大道笔直地走来的。那挥舞着花束挤在两旁如痴如醉的人群和披着花雨走在中间的人，都有自己痛苦的经验和久经锻炼的目光，他们能理解，沉默有时是一种有效的发言。""现在要让我再为谣言而哭泣是没有那么容易了。我已经意识到，被迫意识到，只有我的理想才是我的'上帝'，他仲裁一切。因此，就像《圣经》上说的：你要每天背起十字架跟我来。"

此文初刊于 1987 年 3 月《文艺评论》1987 年第 2 期，初收《中国现代诗人论》。据《文艺评论》编入。

每年这一天
——海子逝世二十年祭

每年这一天都是春暖花开的日子。今天下午我走过校园，那一片迎春花开满了星星一样的花朵——是迎春，不是连翘，许多人都把连翘当成了迎春，迎春花开得比连翘还要早。那迎春花，是一种迫不及待的灿烂辉煌！

这是一年一度的春暖花开的日子，一年一度的迎春花星星般地点亮了校园的春天。走在校园里，想象着这是诗人在向我们报告春天的消息，心里有一种感动，有点怅惘又有点温暖的感动。

最早认识海子，那时他远未成名。我在他刻写的（或者是在他手抄的）小本子上读到了他的许多短诗，其中就有《亚洲铜》。那是20世纪80年代的某一天，海子那时还是北大法律系的学生。是在我家，应该是在蔚秀园的那个公寓的五楼上。这是我和海子的第一次见面。一见面，就没有忘记他，没有忘记他这个人和他的《亚洲铜》。

他写着仅仅属于他的与众不同的诗。当大家都被朦胧诗的英雄理想情结所激动的时候，海子向我们展示了神奇的另一片陌生的天空。就在这首题为《亚洲铜》的诗里，他谈到屈原遗落在河边的白鞋子，谈到飞鸟和野花，海水、月亮还有死亡。这是一些全新的意象，随后，我们也认识并熟知了他的麦地、麦地尽头的村庄，村庄里的母亲和姐妹，它的空虚和寒冷。

海子是始终都在为春天歌唱的诗人。1989 年 3 月，他继 1987、1988 年后，第三次修改写于三年前的《春天》这首诗：这是春天，这是最后的春天，我面对的春天，我就是它的鲜血和希望。《春天，十个海子》也许是他的绝笔，写于 1989 年 3 月 14 日，那是凌晨三四点的时分：在春天，十个海子全部复活，在春天，野蛮而悲伤的海子，就剩下这一个——

这是一个黑夜的孩子，沉浸于冬天，倾心死亡
不能自拔，热爱着空虚而寒冷的乡村

今天的会上我与郁文相遇，我们回忆了那个难忘的夏天，是他和阎月君携带海子遗诗交我保存。我知道这是骆一禾用他年轻的生命整理、保护，并郑重地托付他们两位的。我知道这批诗稿的分量。我记住了郁文和阎月君的深深的友情，记住了骆一禾和海子匆忙而辉煌的生命，记住了中国现代诗歌那悲哀而惨烈的一页。

最后一次和海子见面是在拉萨。是那个惨烈的夏天之前的一个夏天，我们相见在布达拉宫前面的一所房屋。随后，海子就开始了他在西藏的漫游。拉萨一别，我们再不见面，直至令人哀伤的消息传来。但是我们不会忘记他，春天也不会忘记他。他也没忘了在春暖花开的时节来与我们相聚。

那是 1992 年的春天，我在"批评家周末"主持了纪念海子逝世三周年的纪念会。我在致辞中说："时间是无声无息的流水，但这三年带给我们的不是遗忘。我们对海子的思念，似乎是时间愈久而愈深刻。"

1999 年，海子逝世十周年，崔卫平主编了一本叫作《不死的海子》的纪念文集，我写了序言。我说：“作为过程，这诗人的一生过于短促了，他的才华来不及充分地展示便宣告结束是他的不幸：但他以让人惊心动魄的短暂而赢得人们久远的怀念，而且，愈是久远这种怀念便愈是殷切，却非所有诗人都能拥有的幸运。这不能与他的猝然消失无关，但却与这位诗人对于诗歌的贡献绝对有关。”

　　一个诗人的一生不一定要写很多诗，有一些诗让人记住了就是诗人的幸运。海子的诗让我们记住了，他也就在我们的记忆中活着。让我们如同海子那样，热爱诗歌，热爱春天，作为年长的人，我还要加上一个：热爱生命！

　　　　　　　　　2009 年 3 月 26 日，于北京大学第十届
　　　　　　　　　未名诗歌节暨海子逝世二十周年纪念会

　　此文刊于 2010 年 3 月 26 日《新民晚报》。据此编入。

诗歌是做梦的事业

2010 年 6 月下旬，北京大学中国新诗研究所和首都师范大学中国诗歌研究中心联合举办"中国新诗：新世纪十年的回顾与反思"诗学论坛。会议的开幕式在梦端胡同 45 号院举行。梦端胡同 45 号院是清朝一位王爷的府邸，那里有千年的丁香古树。梦端这名字很奇特，不管是发端还是终端，都让人梦想，都是做梦的地方。那天我说："诗歌是做梦的事业，我们的工作是做梦。"我的发言引发了同济大学喻大翔先生的诗兴，他在会间便赋诗纪盛："楼台竹月起空山，后海丁香卷巨澜。此夜诗神吟何处，寻花踏影到梦端。"

我们开会那时，《中国新诗总系》的全部书稿已在人民文学出版社紧张的排印、校对之中。从那时到现在，几个月过去了，又到丁香蓓蕾的季节，《中国新诗总系》已经出版。此刻我想到的，也还是一个"梦"字。编撰《中国新诗总系》的工作，对于我本人，还有分卷主编孙玉石、洪子诚等先生来说，都是圆梦之举。我们从青年时代开始了诗歌梦，半个多世纪的梦想，今天终于变成了现实。

梦醒之后，一切细节却有些迷茫。此刻的心情，说是忧喜参半可能还不准确，准确地说，是忧多于喜。事情做完之后，经常想到的是，我们留下了多少"硬伤"？留下了多少遗憾？我们能补救我们的过错吗？想到这里，心中总是忐忑。就以我负责编写的 20 世纪

50 年代卷为例，那些作者，大都还健在，他们有的是我的前辈，有的是我的同辈，有的还是非常要好的朋友。我选了谁的诗？没选谁的诗？是疏忽了，遗忘了，还是一种坚持？他们在乎吗？我是否有愧于朋友？总之都是这样一些很"俗"的念头在折磨我。

有人说，电影是遗憾的事业。我们编书，也是遗憾的事业。其实我在编书开始之时就下了决心：排除一切人情的干扰，不征求别人的，特别是被选者本人的意见，也断然谢绝作者的自荐。我这样做，也要求各卷主编这样做。我们都来自学院和学术机构，从内心深处，是希望维护我们服膺并珍惜的那种独立的、纯粹的学院精神。记得牛汉先生曾说过，那些流行的诗选中，选一首的多半是"被照顾"的。我赞成他的意见，但我希望在这个选本中，即使只出现一首，也必须是优秀的。

这一切，当然是为了坚持学术的尊严和学者的品格。令人欣慰的是，我们大体做到了，我只举一个实例来说明。大系理论卷的主编是吴思敬先生，吴先生在诗歌理论和诗歌批评方面的杰出贡献是业界公认的，但在总字数达 80 多万字的理论卷中，吴先生自己是一篇也不选。这当然不是疏忽，不是遗忘，也不是谦虚，而是一种可贵的、令人感动的坚持！

我力求完美，但也深知世上难有完美之事。这部总系就是这样希望完美，却依然留有遗憾的、令我内心不安的成果。我们尽心尽力了，但是无法尽善尽美。如果能以我们的工作为契机，引起人们谈论中国新诗的研究、整理、选编、版本以及史料等问题，促进新诗的建设和发展，那就是对我们最好的安慰。因为只有已经完成的工作，没有已经终结的思考。

正如刘福春先生说的，我们的这一场"战争"是有些悲壮的，所幸，这一切都过去了。现在，就等着我们收拾"炮火之后的残留"，好好地总结并改进这一切。建议读者能够认真阅读每一位主编所写的长篇导言，那是他们面对历史的总结和思考，更提醒大家不要忘了阅读他们所写的编后记，那里除了交代编选细节，表扬责编，还有对总主编善意的揶揄甚至"挖苦"——那些都是性情中人自然的真情流露。

此文刊于 2011 年 4 月 12 日《人民日报》。据此编入。

世上最美丽的事业

——诗人总在做梦

我们谈论诗歌，就是谈论世上最美丽的事。因为美丽，我们总是喜爱诗歌。前些日子在绍兴，也是一个诗歌的聚会，我们再一次谈论给我们带来美丽的诗歌。绍兴春秋时期属于越国，一位朋友是苏州人，他说自己来自吴国。他回忆了大约三千年前的吴越战争，越国国君勾践十年卧薪尝胆，最后战胜了吴国。史料记载，战争的胜负最后决定于一位美丽的女性。这位朋友调侃说，那是一场美丽的战争，如果因为一个美人，他个人乐于被战胜。当然，这些诗人间的笑谑不能当真，它无涉政治，甚至也无关历史。

这个"美丽的故事"使那个痛苦的战争也充满了甜蜜。它的引起事端的女主人公（即西施）的故事，于是也成为诗人们美丽的谈资。吴越战争距今已是很遥远的年代了，人们也许会忘记那场血泪战争漫长的惨痛，而那位女性却是永远的曼妙青春，她始终是人们心中一个美丽的想象。也是前不久，《光明日报》一篇文章，是史学家写的，他考证说，那个最终导致战胜吴国的女人不是西施，而是另一位女人。他知道披露这个消息会令那些"西粉"们沮丧，特别是会令那些沉迷于"甜蜜"的诗人们失魂落魄。但是不幸，这是历史。

不光是中国，世界诗歌史也有类似的故事。一部伟大史诗的开篇，它的主人公也是一位美丽的女人。那就是荷马史诗《伊利亚特》中的海伦。诗歌史说："最伟大的是海伦，无辜地引发了希腊人和特洛伊人的战争，由于我们对她几乎一无所知，由于荷马不像中世纪的传奇作者那样，去逐一罗列她的美貌，所以就越发迷人。"①文学史说，因为希腊艺术制胜的秘诀是"不多言"②，于是，语焉不详的海伦的美，才流芳百世成为无数诗人"心中的明灯"。发生在古希腊爱琴海上的这一场战争，因为它的主人公是一位美丽的女人，于是这一场残酷战争的记忆，同样地成了一个永远美丽的传说。

《伊利亚特》中关于特洛伊战争的故事，源于奥林匹斯山上一次众神的聚会，一个婚宴上一只金苹果而引发的一场战争。会上的美人都说自己是应该得到这只金苹果的"最美丽的人"。这场旷日持久的战争，同样是一场"争美"而引发的美丽的战争，我们不妨称之为"金苹果战争"。同样道理，人们可以忘记战争的血腥，但不能忘记美丽绝伦的海伦。关于荷马史诗，关于《伊利亚特》的真正寓意，评论家认为它体现在如下的两句诗中：

比所有事情都重要的两件事：
一个是爱，另一个是战争。③

---

① 约翰·德林瓦特：《世界文学史·上卷》，北京大学出版社，2011，第26页。
② 关于希腊艺术的"不多言"，在史学家的笔下有如下一些印证，他写海伦的美，不是直接描写，而是像如下这样一些笔墨，海伦这天出现在特洛伊的城墙上流泪观看为她而战的两位英雄的战斗场面："当坐在城墙上的特洛伊长老看到她走来时，他们轻声耳语说：'难怪特洛伊人和穿铠甲的希腊人多年来为这样一个女人受尽折磨。'"同上书，第29页。
③ 同上书，第33页。

而在这里，战争是为了美丽，为了爱，从诗人的角度看，爱和美丽的位置高于战争。人们对战争如何评价是历史学家和政治家的事，而对爱和美丽的描写和颂赞，则是诗人的事。这一切证实，诗歌归根结蒂是属于美的。诗人的工作很特殊，他们的特异功能是在事物或世界的整体中剔除那些与美相违的事物，而单单留存了美丽。诗人总在做梦。除非他放弃梦想。事实上他不可能"实有"，诗人把握的只能是"空无"。要是相比经济、政治、物理、化学、建筑，乃至于哲学、天文等，文学是"空无"的，而文学中的诗歌尤其是。在以往，例如在晚清，我们的前辈因为救世心切，以为小说和诗歌是万能的药，其实是被夸大了。

无中生有的道理

前面引到的几个例子，都是中外诗歌史上的佳话：因为美而爆发战争，美不仅是最后的胜利者，而且几乎是唯一的胜利者。很清楚，美是与善联系在一起的。由于诗能够"网罗"世上的美，于是诗能不朽。我设想，曹丕说的"不朽之盛事"[1]，应该主要是指此而言。至于他说的"经国之大业"，他实在是把诗歌看重了，正如近代以来那些文学改良和文学革命的先行者一样，把诗歌甚至文学都看重了。其实诗歌的功力并没有这么大。然而，正如斯蒂文斯诗句说的，"诗歌是最高的虚构"[2]。

---

[1] 语见曹丕《典论·论文》："盖文章，经国之大业，不朽之盛事。年寿有时而尽，荣乐止乎其身，二者必至之常期，未若文章之无穷。"
[2] 斯蒂文斯《一位高声调的基督老女人》中的诗句。

诗歌提供给人们的是梦境，它充其量只是在想象中"有"。"课虚无以责有，叩寂寞而求音。函绵邈于尺素，吐滂沛乎寸心。"①陆机在这里说的，就是无中生有的道理。诗是幻想的产物，人们是在现实中感到匮缺了，特别是在感情的层面感到匮缺了，于是借助诗歌的方式来弥补和填充这种匮缺。都说是痴人说梦，如果不从负面的意义来理解，其实所有的诗人都是说梦的痴人。还是那位陆机，他在另一处继续阐述这一诗歌原理："虚已应物，必究千变之容；挟情适事，不观万殊之妙。"②意思是，唯有"虚"方能究"千变"，若拘于"实"，则看不到"万殊"。

诗歌这种求虚的特性，并不造成诗歌的贫乏，反之，较之所有的事物，诗歌不仅不穷，而且最富，不仅不短暂，而且最长久。"屈平词赋悬日月，楚王台榭空山丘"③，证明"无形"胜过了"有形"，"空无"胜过了"实有"。此中有大学问，究其根由，在于诗言说的是精神，是心灵，这些，如空气充填了所有的空间，看似无，却是有。诗几乎是不可言说的，即使是我们此刻说的美和爱，也总是虚无缥缈的，它不是晨曦，不是月夕，不是春花，也不是秋月，但它的确如海伦和西施那般的美可敌国。

"北方有佳人，绝世而独立。一顾倾人城，再顾倾人国。宁不知倾城与倾国，佳人难再得。"④这也是一个美丽的故事，说的也是诗人的道理，倾城也好，倾国也好，都不及"佳人"重要，"佳人难再得"，因为美是不可重复的。一切都短暂，唯有美和爱永恒。去年夏

---

① 陆机：《文赋》。
② 陆机：《演连珠五十首》。
③ 李白：《江上吟》。
④ 李延年：《北方有佳人》。见《汉书》。引自沈德潜《古诗源》。

天在郑州，一个会议上听小说家李佩甫谈诗，他说的是在法国听到的一个故事，情节不复杂，却很凄婉——

法国一个最美丽的姑娘爱上了一个非常帅的小伙子，当时他们订了婚约。两人在舞会上相约，三年以后把这个美丽的姑娘娶到家里来。小伙子喜欢赛马，为了在姑娘面前展示自己的才能，参加了三年一届的赛马会。结果名落孙山，他不敢见她，就躲起来了。他下定决心下一次要取得名次。不幸的是，连续三届九年，小伙子都没有取得名次，就不敢再见他心爱的姑娘了。后来，在一次舞会上，痴心的姑娘终于见到了她心中的恋人，只见他正拥抱着另一个姑娘跳舞。美丽的姑娘二话没说，上楼拿了一把刀，当场把这个小伙子刺死了。这是发生在法国生活中的真实事件，按照法国当时的法律，她应当被判处绞刑，上断头台。整个法国都站出来为这个姑娘求情，他们认为美不应被判处死刑。但是法律是庄严的，这个姑娘最后还是被判处了绞刑。但是，法国却为这个姑娘修改了法律，从此以后法国废除了死刑，这个姑娘是最后一个走上断头台的人。①

讲完这个故事，作家动情地说："这也是一个民族的尺度，这就是诗。"从这里，我们同样得到证实：诗能征服一切，而且在征服中获得永恒，诗是世界上最美丽，也最恒久的事业。

---

① 李佩甫：《诗歌是时代生活的上限》，《河南诗人》2013年10月，总第21期。

美之根源是实在

诗生发于人的想象力，说诗是梦想并没有错。但是，若是完全切断诗与现实世界的联系却会坠入一个大的误区。常人说，日有所思夜有所梦，就是说梦的产生不是无缘无故的。灵感翼翅的展开与飞翔，看似偶然，却是日常经验和体悟的积累和发酵。想象力是诗的内功，而这种内功的形成却由于诗人对于现实世界的潜在的、特别的敏感。归根结蒂是外力作用的结果。感物言志，缘情而发，情动于中，而形于外。古人讲神思，其实讲的是诗人特殊的思维方式。所谓的视通万里，所谓的思接千载，其中就有"通"和"接"。"万里"也好，"千载"也好，并非与现实或历史完全绝缘的"无"，究其实，却是千丝万缕联结着的"有"。万里何其遥远，千载何其渺茫，它所涉及的内涵又何其丰富甚至实在！

这些来自历史和现实的"材料"，在历史学家或是社会学家那里可能是非常具体的、实际的，甚至在小说家那里也是非常具体的故事、情节、细节和对话，诗人与之有别，它的"特异"就是把那一切具体扩大了，延伸了，抽象了，幻化了，并且神奇地融汇了类似梦幻的成分。这种似是而非的真，其实是另一种，甚至是更高层次的实。谁见过"会唱歌的鸢尾花"？梦是虚的，"以梦为马"岂不蹊跷？①然而，这是诗人特异的言说。

诗歌的梦幻色彩，基本上区别了其他文体言说的方式。但在面

---

① 前者是舒婷的句子，后者是海子的诗句。

对现实人生和社会历史的层面，从根本上说，它们是一致的，因为它们都是由社会存在决定的意识，只不过它们之间的"制作"方式各有其趣，只是彼此侧重有所不同而已。下面这一首诗题目是"灵感"，写的也是灵感，同样谈到梦，但却牵涉现实的种种关怀：

> 是你，是花，是梦，打这儿过，
> 此刻像风在摇动着我；
> 告诉日子重叠盘盘的山窝；
> 清泉潺潺流动的河；
> ……
> 是你，是花，是梦打这儿过，
> 此刻像风，在摇动着我；
> 告诉日子是这样的不清醒；
> 当中偏响着想不到的一串铃，[①]
> ……

　　诗句是有点空灵，在空灵中却有质感，是饱满的。这给我们以启发：诗歌的想象或者虚构的特性不仅不排斥实实在在的积累，而且想象力愈是丰富的作品，愈是有着深厚的现实生活的底蕴。有一段时间诗人们似乎耻于谈论生活的体验与积累，更不屑于谈论他们的作品与当今重大话题的关系。他们十分欣赏自认为的诗的"纯粹性"，一时间那些远离人们的生活实际的、与人们的生存状态毫无关联的

---

① 林徽因：《灵感》。

臆想受到盛大的推崇。一些诗人精心咀嚼一己的小感触、小体验，天塌地陷也不能停歇他们的这种自我抚摸。

当代诗与当代精神

承受过政治运动和政治动乱的危害的人们，对曾经的受伤害的经历特别敏感，他们因回避和厌恶那些欺骗性的暴虐而对周围的重大事件漠不关心。他们对诗歌对重大实践的关注，更是怀有戒心。认识的歧误造成了当下诗歌创作的重大误区，使诗歌在涉及人类命运和社会兴衰中缺席失音。我们都知道，中国新诗是为适应时代要求而创立，在它的历史中许多杰出的诗人都为诗歌表达时代精神而殚精竭虑，他们以诗歌的方式熔铸了无愧于时代的纪念碑。

我曾断言，所有的诗歌都是"当代诗"，所有的诗人都是"当代诗人"。一位诗人生活在当代，而声称他们只为"未来"写作是可疑的。从这个前提来看，屈原的《离骚》是楚国的当代诗，李白的《将进酒》是唐代的当代诗，杜甫的《闻官军收河南河北》更是唐代的当代诗，因为他们保留了他们所处的时代的真实声音，所以他们不朽。

2014年2月14日，甲午元宵，始写于北京昌平北七家

2014年5月23日，写毕于北京大学中国诗歌研究院

诗使心灵明亮

人生有很多欢乐，但欢乐并不永恒。青春，美丽，荣誉，金钱或者权力，也都是过眼烟云。伴随着人生旅途的，却是更多的缺憾和不完美。苦难是与生俱来的，无边的苦难往往使人心生绝望。当人们溺水而陷于没顶的时候，应该会有一种力量能够使人绝处逢生。但这种能够给人希望和信心的力量究竟是什么？有人说是宗教。宗教有点神秘，它讲的事情多半涉及另一种世界。是一种博大，但却有点空玄。我以为与宗教最接近的是诗歌，它们同样涉及灵魂和精神，但后者却始终面对着人的生存、生存的困境及对这种困境的超越。它有点高雅，说话的方式近于神启，但却倾向于现世，是可感知和可把握的。诗歌让人心生敬畏，我终生都向它膜拜。我个人更愿意把诗歌视为一种宗教。

诗歌的工作对象是人的心灵，它的作用在于提升和丰满人们的精神。诗歌不会解决什么，甚至也不直接解答什么，但它始终导引着人类向着高尚、美好、圣洁的境界，它真的有点超凡脱俗。它使陷于困境乃至绝境的人走出黑暗的地狱，它充满了神奇的力量，它甚至能够战胜死亡。诗歌始终为人类的尊严、为和平和正义祈祷。诗歌使人的心灵明亮。当这个世界到处充满了物质的享乐和诱惑的时候，人们感到了匮乏，诗使人们丰足，并且忘记那些贫瘠和困窘。

所以诗是另一种宗教，它最终将引导人类向着光明的境界。

全世界的人们的憧憬和梦想都是相通的，诗歌没有国界。要是说，当今的世界仍然存在着恃强凌弱、不公正、恐怖和残杀的话，唯一的不歧视、唯一的能够实现平等和共享的，是诗歌。写诗，读诗，爱诗的人们真正有福了，不论他们多么贫困，他们是富有者，他们享有来自天上的梵音。就我个人而言，我是始终怀着这样的神圣的理想，投入这个让人们感到富足而不匮乏的工作中来的。我以充分的幸福感，面对全人类一切优秀的诗歌，如诵圣典。并以感恩的心情，向着那些在暗夜中启示光明的一切星辰。

感谢牛汉先生，感谢洛夫先生，感谢特朗斯特罗姆先生，感谢你们为人类的智慧和良知所作的不朽的贡献。借此机会，我也向比我年轻的亲爱的朋友西川、王小妮、于坚致意，你们的诗歌光芒，如同你们获奖的奖项名称一样：启示着明日的辉煌。

2004 年 6 月 12 日于北京大学

此文刊于 2004 年 11 月 24 日《中华读书报》。据此编入。

新诗与新的百年

说到中国新诗的历史，不妨把 19 世纪末那场不成功的"诗界革命"也算在内。那一个改良主义的诗歌"革命"，其初衷是和"五四"以后的新诗革命相一致的——同样是感到了旧诗对于新时代的不适应，感到了旧诗和现代人的思想情感的隔膜，它们都着眼于使诗的语言更接近人们日常生活所用的语言，即所谓的"我手写我口"。不过是，诗界改良运动的先行者，他们由于自身的局限，最终未能实现中国诗的现代革新。这一历史性的使命，在中国新诗的第一代诗人那里才得以完成。

上述那种使诗接近于民众最初始的动机，营造了笼罩全部新诗历史的独特的审美理想：力求使诗切近现实的社会人生，力求使诗的艺术更加接近民众的趣味——中国诗歌在它的历史运行中，从来都着眼于有益于人心的建设和环境的改善。这种把诗歌的创造和传播，紧紧联系于中国实际，以及诗歌艺术的现代更新的实践，于是成为中国新诗的传统。

近百年来的几代中国诗人，都以自己的心力与精诚贡献于这个传统。同样，我们的所有成就和所有问题，也都可以从这种实践中找到原因。"五四"初期新诗的实践，在诗的生命力得到充盈的和鲜活的显示的同时，由于极端的反格律的倾向和过分地追求接近口语的结果，导致诗意淡漠和结构散漫，而使新诗较之旧诗相对地难于记诵。随后一批人致力于新诗"创格"的倡导，一段时间里，新体的格律诗有了较为认真的实践。但20年代后期开始的新诗革命化的大趋势，以及30年代后期的救亡运动的兴起，诗的社会鼓动性得到张扬，而诗的审美性却也相对地受到了忽视。就连原先主张"三美"的闻一多也转而推崇时代的"鼓点"，这原是自然而然的。新诗因其与时代精神的紧密契合，而在发展中赢得了声誉。

中国新诗大体上就在这样的思想/艺术、社会/审美、政治/诗之间辗转迂回地行进着。在近百年的实践中，几乎每一个时代都出现了能够代表那一时代精神的杰出诗人。但这些诗人又都带有那一时代的明显局限。20世纪80年代的中国诗人，终于在对于动乱时代的清算中获得了新的诗歌美学的觉醒。在那一个时段里，诗歌在告别旧时代、迎接新时代，在处理社会意识与诗美矛盾与和谐之间达到了一种充分谅解和亲和的境界。90年代的市场经济无情地冲击了这种和谐；多元生态的形成，加速了诗歌共有的信仰与理念的解体。局面呈现出空前的驳杂和纷繁。中国新诗在一片激烈的争吵中告别了20世纪。

从诗界革命到新诗革命，从革命新诗到诗的一体化时代，再从新诗潮到后新诗潮，中国诗史上这个告别旧诗创造新诗的实验，已经经历了一百年。现在已进入另一个一百年。时序的转换总意味着事情从幼稚到成熟的过程。我们可以原谅黄遵宪以新词入旧体试验的失败，也可以原谅胡适"放大了脚"的"尝试"的不彻底，回首往事，我们痛感诗的政治化带来的危害，并断然拒绝它的依然存在的潜在影响，但毕竟一百年已经过去。以一百年为期的新诗试验，如今应该是到了它的收获季节了！

在进入新的百年的时候，新诗理应在它悲壮而又辉煌的曲折历史中获得深厚的启迪；理应在中国悠久的诗歌遗产和现实的艰苦实践中获得丰富的经验，在处理传统承继和现代更新方面，以及在处理外来经验和本土资源方面，特别是在吸收和扬弃、融汇和排斥、承继传统诗人追求理想和光大人文精神等方面，理应有更为成熟的表现。但是，应该进入成熟期的新诗，却依然没有表现出它的成熟来。

人们对进入新世纪的中国新诗，无疑怀有新的期待——期待着重新塑造诗人作为社会良知和标举理想旗帜的形象，也期待中国所有的诗人不媚俗而始终坚守至美的诗家园。少一些意气的纷争，多一些切实的实践，为诗歌艺术的精益求精而不懈地创造性地贡献出自己的才智。

2000 年 1 月 6 日于北京大学畅春园

此文刊于《诗探索》2000 年第 1-2 辑。据此编入。

流向远方的水

苦难的给予

那是梦境。当我捕捉那梦境中的一切，一切都似在雾霭之中。它飘浮，如一缕飞烟，如一抹远山的轻岚。我只记得闽江似从心间流过。它轻轻拍打两岸的丛林，那里有无尽绵延着的幽幽竹林、芭蕉和橄榄树。即使伴随着苦涩的童年，我不得不承认，故乡依然非常迷人，那里生长着我不绝的亚热带情思。

谢姓在福州不是大族，我们的远祖该向何处溯源，有说是从中原迁来的，大约可以追及南北朝，也许是一种攀附。"旧时王谢堂前燕，飞入寻常百姓家。"虽然如今的衰落让人凄迷，但昔日的繁华毕竟可聊慰那种失落的空漠。记得儿时节庆时，家中总挂灯笼，上面写着"宝树堂谢"。去年拜谒谢冰心先生。我们认了同乡。她说她那个谢家也是"宝树堂"，可见我们可能还是同宗呢！"宝树"一词见王勃文："非谢家之宝树，接孟氏之芳邻。"

祖宗的繁华梦并不能冲淡我的贫困潦倒的感受。在我的记忆中，童年几乎就是灾难。父亲早年失业，母亲是不识字的家庭妇女。多子女又无固定职业的家庭，且又居住在城市，可见有多么艰难！太平时世还可，童年时恰逢抗战，战乱中，家中杂物典当殆尽，朝不虑夕，时为饥困所迫。我以幼弱之躯砍柴，拾稻穗，以及做苦力——无尽的劳苦，加上"书香门第"的虚荣，身心承受双倍的压力。

但这个家庭无论如何都要让子女上学。对我来说，缴不起学费的求学，简直是痛苦深渊的挣扎。幸好小学时期认识了一位充满爱心的老师李兆雄先生。李先生出身于基督教家庭，不知是出于博爱还是因为我有什么特别令他关心之处。依赖他的社会关系，我得以减免学费的优惠进入了福州一所英国人办的学校——三一中学。在这所充满贵族情调的学校里，我终于找到了一张课桌。但即使如此，我还是交不出未减免的那一部分学费，这就引出我感激终生的另一位人来，那就是我的姐姐谢步韫。姐姐命运凄苦，结婚不到一年，姐夫便去世。她变卖婚前首饰供我上学。她是无言的，但我却获得无言的力量。

我的中学生活一直在困厄和挣扎中度过。童年到少年时代的少欢愉多忧患，使我对社会的不公有了真切的感受。文学是我生命的启蒙，从冰心的博爱到巴金的反抗，在我几乎就是一步的跨越。我感谢这两位大师给我的心灵的滋润。由于他们互相补充的给予，我自觉我的情感和心理的构成是完整的。我的幼年的心灵几乎为《寄小读者》那样清丽的温馨所充填。到了中学时代，我已经不仅会爱，而且也学会了憎恨。从《灭亡》到《新生》，更从《激流三部曲》那些朦胧的追求中获得了力量。我把巴金那种热情倾注于对于旧社会的反抗：为失业、为饥饿、为不民主，也为内战。1948年到1949年之交，我的思想相当激烈。我热情投身于学生运动，组织读书会，为此受到校方的警告。我如同当年那些热血青年一样，把个人无出路的悲哀和社会改造的愿望结合在一起。我迫不及待地要求摆脱此种困境，恰好这时家乡福州开进了人民解放军。

1949年8月，这座海滨城市正蒸腾着难耐的暑热。我不是没有看到双亲的泪水，但我的确别无选择。投身军旅是当年所能寻求的唯一出路，这恰好也为我当年反抗的激情找到了宣泄口。此后经历的是另一番生活的磨难。少年的热情很快地冷却下来。知识分子渴望的内心自由与军队的纪律约束成为不曾停息的内心矛盾的风暴。它制造着无尽的烦忧，当然还有泥泞中的负重行进，生与死的无情搏斗，海岛潮湿坑道中的午夜的汗水。记得进驻海岛的那些最初的时日，遍地的新坟和猪圈边的侧身而卧是怎样地给我的内心以震撼。

就这样，我迎到了人生的青春期。这个青春期对我来说和童年是一样的艰难。一方面是对于艰难困苦和勇敢顽健的性格潜能的大发挥，一方面又是对于自由旷放以及创造想象的大压抑。最使人难忘的是青年时代的灵魂的自我约束，以及对于恶劣环境的适应能力。我承认，正是这种经历给了我以外人几乎难以觉察的坚定、耐忍和决断。因此，我不仅相信磨难和困苦对人的品格形成的推进力，而且愿意相信这种环境对于青年时代甚至是一种必要。

在以后的岁月中，我每当身处逆境，总觉冥冥之中有一种神助，其实那就是青年时代的困苦的磨砺所给予的力量。生活教会了我，人活着想要做点事离不开自信心。这种自信心靠艰难困苦中不屈不挠的坚持和战胜来维系。因此，生命需要苦难。先哲说过，人是芦苇，是指它的脆弱而言。既是芦苇，那就格外地需要风。只有置身风中，它才不致被风所折。

两次庄严的选择

这一生大概只能有这两次选择，就其具有庄严感而言。前一次是前面提到的"投笔从戎"。一种置身苦难而充满神圣感的选择，那行为受到中国社会大转折的鼓舞，又为青年时期的憧憬和追求的激情所支配。也许从一个历史的大角度来看，那当初的一切激动人心的动机会变得衰微。但对个人而言，从中受到的益处却是不具形的强大。那是一种以青春为代价而换取的价值，它使我毕生受用不尽。这是一种迄今为止由于各种机缘而选择了军人为职业的那些人所共同拥有的，把生命置于一种经常的危急状态，从而能够最大限度地体验生的局限和死的必然的一种机会。它无疑能够最大限度地增强生命的坚韧性和神圣感。我作出那一次抉择的可纪念的时间是：1949年8月29日——那一天，一个17岁的中学生走向了人生血火考验的新路。

仿佛是与生命的奥秘相扭结，8月29日对我来说，是一个暗示着生命产生转变契机的密码。有趣的是另一个庄严的选择我也选中了那个数字。1955年我被北京大学中文系录取，从福州乘轮船溯流而上，至南平，改乘卡车过分水岭，一路在火车汽笛的呼啸中于8月29日来到北京。那时有就业的机会，但我放弃了。那是1955年的5月，我领取了三百元复员金回老家福州。为报答父母，我交给母亲一百元，用一百元买了一只手表，一百元留以备用。那时我受到一种神秘的启示，陌生的远方在向我招手。北京以它的深刻和深厚吸引着这个当时23岁的青年人的目光。当我提笔在大学报名单上填写志愿时，我以极大的坚定驳回了同伴的犹豫，无可选择地填写了北京大学的各种专业。结果我和他均以第一志愿录取北京大学中文系。

关于北大校园的那些记忆，我已写了专文《永远的校园》。在那里，我倾注了我对这个古老学校的情感，以及我对那个特殊年代的特殊情怀。在这篇记述中，我依然不能写出那个欢乐与痛苦、单纯与复杂、无愧与忏悔交织在一起的那种心境。我只能笼统地说，作为与这个社会共同成长的青年，他的幸与不幸，他的长处和局限都与那个社会高度地认同。

我仍然只是在选择命题下谈属于我的那个时代。中学时代我并非一个好的学生，原因是我只凭个人的兴趣，片面地发展我的学业。三一中学是一所完全按照英国模式办的学校，这个学校当年师资力量很是强大，有国学基础相当深厚的老先生，也有新式大学受到现代科学培养出来的一批很有实力的大学生，例如我当年的语文老师余钟藩先生（他和钱谷融先生是同班同学）便是当年中央大学国文系的毕业生。那个学校的老师都来自名牌大学。这里需要特别提到的是这个学校对于英语的重视，这个重视远远超过了本国的母语。记得从初中进入高中，学校每个学期为我们开设的英语课，除了综合的英语，还有按照各种专门训练设立的分类课程如英文法、英练写、英会话、英作文等。从初中开始，我们使用的文法课本便是英国中学采用的课本，其中没有一个中文字。

这当然是畸形的，但是数十年后，我回想起来。深深痛恨自己没有利用那样的条件学好英语。当年我的反抗意识十分强烈，反抗社会，反抗强权也反抗教会。反抗教会不仅反抗礼拜活动和"查经班"——一种集体阅读《圣经》的方式，而且也反抗英语——我认为那种语言代表文化侵略。

问题不仅仅如同上面提到的，问题还在于我因为对文学的迷狂（特别是对诗的迷狂）而在中学时代就放弃了全面打基础和全面发展的意愿。我对数、理、化全无兴趣，史、地、生物似乎还可以，但数学（几何、三角）和化学公式却真正令人头疼。那个学校采取了严格的淘汰制——这大概也是从英国照搬过来的，全年级按考试成绩分甲、乙、丙班，每班又按考试成绩安排学生座位，成绩第一名的坐第一位，以此类推。各个学期按各个学期的期末考试成绩调整班次和座次，而后，淘汰成绩差的让其留级或勒令转学。到毕业时，往往在百余人中剩下三五十人。我的中学成绩都是甲班，但最高的座次是十名到二十名之间，我没有进入前十名，因为我的发展不全面，是畸斜的。

文学益我，文学也害我，我读郭沫若和新月派诸人的诗比什么都感兴味，读多了就学着写。那时有一批趣味相投的同学，各自写了互相传看，后来发展到在课堂上写诗，私下酬和。这样当然就影响了其他的学业。时至今日，我对数字的绝对无知和无记忆，便是文学和诗的贻误。学业的偏废造成知识的不全面，如今想来，是悔之不及的。

前一次选择，冲破了我的文学梦。那些年有很长时间因痛苦而辍笔。军队复员和考取北京大学，无形中把少年时代的钟情于文学的线加以接续。选择北京，选择北大，也就是重新选择文学。这是人生途中的另一个庄严的选择。

数十年来中国社会动荡不安，我随这个社会由少年、青年并过完中年期也充满动荡不安。尽管如此，我反顾来路，仍要深深感谢给我人生以重大影响的这两所学校：福州三一中学和北京大学。

这两个学校给予我的，主要还非学业，而在精神。少年时代反抗教会，只是表面的现象，基督教教义中的博爱精神却无形地浸润了我。我自审从我们反对的基督教所受的影响更甚于父母信奉的佛教对我的影响。我不相信轮回，更相信现世的爱心和平等精神。这些影响后来与文学和哲学中的人性、人道精神结合而为一种入世和治学的潜在"思想核"。

至于北大，它给我的是民族忧患的心理遗传和中国现代知识分子的使命感。从蔡元培到马寅初，其间有着一长串闪光的名字，我为能置身于他们生活的环境和氛围而庆幸。北大高扬的科学民主精神以及它对社会改造的参与意识，使它的每一个成员感受无所不在的思想渗透力。

幼年时代对文学的向往仅仅是由于兴趣，进入北大之后我才有了学术生涯的自觉。是北大使我坚定了我对文学的皈依感。论及我作为学者的生活经历，有一事必须提及，即我较早自觉而冷静否定了我成为作家的可能性。我把诗看得很崇高，诗人在世界面前必须是无保留的。诗人不是训导者，诗人只是他自己。诗人的方式是用人格告诉世界，而不是其他。在我生活的那个新的年代，我模糊地感到了气氛已经失常，一种环境的自觉和才华的自审，使我放弃了创作。

北大是燃起我学术研究兴趣的地方。我和我的学友们有过"大跃进"的狂热，批判资产阶级的狂热，"集体科研"的狂热。这种热狂是反常的。但我们却从这种反常的热狂中超常地得到了独立读书和工作的训练。北京大学中文系1955级以集体编写"红皮文学史"著称，我是该书的编委之一。如今抚摸那最初二卷七十万字后来扩展为四卷一百二十万字的著作，我们为当年的粗疏、片面和狂妄而羞愧。我们也为当年的无畏和热情的奉献而自慰——我们的青春在扭曲的时代虽受到了扭曲又不曾虚度。我和学友们同处的1955

级是一个带有深刻时代印痕的特异文化现象。作为当事人，我们如今均已告别了中年时代，我们有足够的人生阅历来冷静地思考那一切——它的长处和短处，它的给予和剥夺。

从1955年起，我作为普通的文科大学生入学，五年学业结束，1960年留任助教，历经讲师、副教授，如今成为教授，我把已有生涯的大部分都奉献给燕园这一方圣地。这一选择几乎是永远的。今后也难得见到什么"大的"变动。我感到我的一切正渐渐地与北大的传统精神相融合。我已成为北大不可剥离的一部分。一个人的一生能够与一种长恒的精神存在互渗，并能在一个大的存在中确认自身的价值，这种幸运并非人人所能拥有。因此，我以艰辛的代价换取的是人间少有的幸运感。

暴风从生命的窗口吹过

生命选择风暴，并非生命的情愿。清醒的生命知道风暴的不可避免，于是选择了它。这对于中国人，尤其对于中国的知识者，情况就更是如此。置身于中国这个环境中而不认识并不承认风暴的，是蒙昧者。也许正是因此，明智和清醒的生命的芦苇，有了坚质。

究竟从什么时候开始，我们的社会生活特别是精神生活越来越变得不正常？它是一个人的云团，是无从深究的。反正我们拥有了苦难，这是唯一可以把握的存在。是无休止的人为的斗争和倾轧造成了大灾难，在思想文化和文学艺术领域，这种灾难具体化为一个又一个的批判运动。人们的精力和才智都在这种无情的劫难中丧失殆尽，那个被称为"文化大革命"的大动乱，它为中国争得的是在全世界面前的自我凌辱！对比之下，其对于个人的损害，毕竟是相当微小的。

我从情感上不愿触及那一幕其大无比、其长无比的丑剧。但我却从这一巨大社会悲剧的大背景中找到了我的学术活动的出发点。我目睹中国文学如何从丰富而自在的生存状态中被窒息而失去自由。我深知一代又一代的中国作家如何在严酷的环境中人格和创造力不知不觉地受到萎缩。历史的灾难给了我历史的眼光。我改变了 60 年代初期那种在一个作品中寻找一点属于自己的艺术见地的学术视角，我开始把对于诗和文学的考察放置在文化摧残和文化重构，放置在社会的正常生态的修复和建设的大视野之中。我深知一个已成定式的文学观点和文学思维有着为数众多的卫道者。我深知这是一个力量极为巨大的固化的存在，但我选择了秩序的反抗而不选择秩序的维护。

我知道诗在中国文艺史上的特殊地位。我希望通过诗的一角揭示中国文学的倾斜。我特别关注于寻求一种可能打破当代中国文学所产生的全面的"硬化"现象。我从社会和文学噩梦中醒来。我心中暗暗祈求一种对已经形成的文学大一统的恒定的秩序的冲破的机会。

1978 年下半年，中国社会开始一种新的萌动。整个社会迷漫着一种思想解放的氛围。北京街头出现了一份叫作《今天》的民办文学杂志，里边的诗歌以陌生的艺术方式让人震惊。我认识了一些同样是陌生的名字：北岛、芒克、食指以及其他一些人，我认为我看到了中国文艺变革的先兆。

1980 年 4 月，我参与筹办后来被称为南宁会议的全国当代诗歌讨论会。我在会上发表了一篇题为"新诗的进步"的讲演，我批评了对于敢向"传统"挑战、写不拘一格的诗的歧视；我提出宽容和竞争的观念。在那次会上我呼吁:"编辑部和批评家不应该制定不成文之法,编辑部和批评家也不应该对不同风格流派的诗歌怀有偏见。"这些话的局限在于把原因归结在"编辑部和批评家"。其实,编辑部和批评家的行为都听从于更大范围的思维惯性,而这几乎是无可变易的一种惯性。我预感到新诗的走向进步"还要走一段艰难的历程"。后来所发生的一切证实了我的预感。

1980年5月回到北京,我应《光明日报》之约写了短文《在新的崛起面前》,并于5月7日刊出。这篇文章收到的巨大反响是我始料不及的,我因了这篇文章而成为有争议的人物也出乎我的意料。1983年,在一次来势很猛的运动中,我以及写其他两篇同样以"崛起"命题的文章的朋友,被综合为"三崛起"作为内容纳入了那个"清除"运动。这一事件以及那以后发生的一切事件,再一次惊动了渴望摆脱骚动而获得安宁生活的普通中国人。作为一个知识分子,由中国人的这一处境而联想到近百年来中国先进知识界争取民族复兴和社会进步而换来的一切悲剧是自然而然的。那些悲剧无一例外地都在重复。

"文革"动乱结束,我们的反思是浅层次的。我们简单地把一个空前的历史动乱的发生委过于几个卑鄙的政客。当风暴从窗子里一次又一次呼啸而过,我们听到了中国历史的哀吟。这黄土地的悲哀和它的土层一样深厚,这黄土地的积重也如此! 作为一个知识者,我们所遭遇和遭受的也绝非属于个人。苦难降临时刻,当我预感到即使是对于文学这一个角落的自由思考也将成为禁地,浮起的不是属于个人而是属于中国的沉哀。

所幸中国社会并不因这些干扰而真的倒退。

中国这个古老而愚顽的巨人终于听到了世界的召唤。它已经感到即使永担风险也要蹒跚着前行。这种醒觉对于酷喜黑暗和愚昧的人来说绝非福音。我们也就是在这样微妙的拉锯状态和各种力量际会的空隙中寻找艺术一隅的通往自由的可能性。

就我个人而言，我的学术生命真正开始于这一痛苦的时刻，中国社会由于变革而经历阵痛，也就是我个人在寻求学术自由的途中所经历的阵痛。毕竟应当感谢的是这样一个走到世界视野中的开放社会，是它给予我们个人以前所未有的创造和思考的机缘。我把自1980年起以来十余本编著、一百余万字文字看作是社会进步的赠予。应该感激的是从窗口卷过的那一阵阵风暴。它对于灵魂是一番无情的磨砺，它让人警惕，也让人勇敢，从而使人有充分的准备去迎接时势的艰危。

生命的感悟

生命是一道流向远方的水，对于以往的遗憾我不愿叹息。我愿这小水流是鲜活而不腐的。它只知一径地向着前面流去，并不湍急，也不浩大。我知道它有停止流动的一天，但它只知流动。我不相信伟大或不朽，我只知道作为平等的人，他对历史的尽责。少年壮志，青春狂傲，于我都成了昨日。生而有涯，而愿生而无愧。我期待着推迟衰老的到来。对于令人羡慕的青春，我喜爱"二十岁的教授"的称呼；对于同样令人羡慕的传统和习惯势力的反叛，我甚至欣赏"老顽童"这一谑称的发明者，我不崇拜青年，但我崇拜青春的热火。长沟流月，寂然无声，但流向远处的水希望有不竭的后续。云雀在歌唱中抛出的弧线，雨后天际那稍纵即逝的虹彩，还有秋夜匆匆划过银河的流星，作为过程都是美丽的。它们留下的是记忆，记忆中有那么一道匆匆的抛物线。它们抛掷过，而后它们消失。

1988 年 7 月于北京大学蔚秀园

此文初刊于 1988 年 10 月 1 日《作家》1988 年第 10 期，收《流向远方的水》。据《作家》编入。